書店結業了
周淑屏 著
最後
3天
結業清貨
5
U0931922

書店結業了
作者／周淑屏
策劃編輯／周淑屏
協力編輯／羅詠恩
美術設計／陳詩韻
插圖／黃裳
出版發行／突破出版社
香港沙田亞公角山路 33 號突破青年村
電話：2632 0000　傳真：2632 0388
電郵：breakthrough@breakthrough.org.hk
網址：http://www.breakthrough.org.hk
http://www.btproduct.com
承印／陽光（彩美）印刷有限公司
2017 年 4 月初版 1 刷
2020 年 9 月初版 4 刷

My Bookstore
by Chow Suk-ping
First Printing, First Edition, April 2017
Fourth Printing, First Edition, September 2020

Printed in Hong Kong
ISBN 978-988-8392-40-7

本書採用環保油墨印刷

每一個
年輕人都應當
乘着夢想的
翅膀出航。

成長文學

目錄

新月書店

1

電話響了三聲，譽禧才接聽。

「我們去註冊吧！」雖然聽到他壓低聲線的「喂」，顯然是在開會，但芊芊仍然這樣說了。

「什麼？」他問。芊芊想像到他拿着電話離開座位，躲到一邊去的模樣。

「我們——去——註冊吧！」芊芊故意放慢語速，她相信他不會蠢到問她註冊什麼。

「你才開始放大假一天……」

她知道他的潛台詞是：「你才放大假一天，就無聊到想出這餿玩意來！」

「我是認真的——我們註冊吧！」當說到「認真」這兩字時，芊芊思考了五秒。

她料不到譽禧的回應是：「什麼時候？」

那即是他應承了！那即是她的求婚成功了！

「求婚？怎會這樣想？怎會是我向他求婚？」芊芊呢喃，但她剛才腦海裏的確閃現過「求婚」這兩個字。

「算了吧！我只是問他何時註冊，結婚行禮之前，我會讓他認認真真地求一次婚的。」芊芊想。

「今天！」芊芊衝口而出，心裏的潛台詞是：反正今天閒得發慌。

「哪裏？」他問得簡潔。

「沙田婚姻登記處。我上網看過，在這裏註冊可在大會堂的活動室開一個簡單的雞尾酒會，簡單又不花錢，而且有氣氛！」她不敢告訴他，自己是上網看完一個 Blogger 的分享後才萌生這念頭的。

「今天一直要開會……」他說。她想：這不會是在拖延，是在忽悠我吧？

「大概要開到三時……」

聽到這話，芊芊開心得叫了起來。

「四時半前也可以，我先去排隊！」

芊芊不肯定註冊一定要排隊，但作為港女的一員，她認為肯去排隊，顯示了很大的誠意。

2

「你午飯時遛出來，我們去開個聯名戶口。」

「為什麼要開聯名戶口？」

「結了婚的人都如此，財產共享。」

「結了婚的人不用開聯名戶口也財產共享。」

「有了聯名戶口意義便不同。」

「開哪一種？是其中一個人簽名便可拿錢，還是必須兩個人簽名的那種？」

「有這樣的分別嗎？嗯……一會到銀行問問看。」

芊芊掛了線，屈指一算，今天是大假開始的第二日，還有八日，真漫長啊！轉念一想，如果可以在這十天大假內辦好了結婚的一切事宜，不是很有效率嗎？上司施太一定會讚賞她，辦公室裏的姊妹淘一定會羨慕她。

因為她經常加班、外出公幹，累積了十天大假，施太逼她在年尾之前一定要放。

這對於放假一天便渾身不自在的芊芊而言，是一種磨難，她認為一定要令這十天大假過得充實，一秒不閒着。

結婚，正好成了她的大計。

從銀行出來，譽禧回公司上班。芊芊回家時路經一家地產公司，走進去瞧瞧，然後跟地產代理看了幾個附近大型屋苑的小單位。

「我買了一個三百五十呎的單位。」

芊芊說得輕描淡寫，譽禧聽了卻把眼睛睜得老大，連口中在咀嚼的飯菜都吐了出來。

芊芊看着他，有點不滿。怎麼這反應比她說要去註冊時還大還強烈？難道結婚的決定不比買樓更重要？

看到譽禧的口張大了十秒後也合不上來，芊芊有點憐憫他，口氣軟化了。

「我只是付了三萬元訂金罷了。」

聽了這話，譽禧那張得大大的口合上了。

「但這不代表我會不要訂金，我一定會成交的。」

譽禧換了一個眉頭緊皺的表情，彷彿有千斤大石壓在他的頭頂。

「我們連首期也沒有！還要攢辦婚禮的錢！」

「可以問我的哥哥、姐姐借，也可以問你的爸爸、媽媽借……」

「妹妹去年結婚爸媽已用光了積蓄……」

「不會吧？你是長子，他們怎會不為你留下大部分積蓄？為女兒的婚禮用了全部錢？這不合理，而且不公平！」

「這不是公平不公平，而是他們只有那麼一點錢！而且他們根本沒想到我們忽然結婚，他們不反對已經很好了！」

「忽然結婚？」這用詞反映了譽禧的不滿，但「已經很好了」又反映他還認為和她結婚是好事，得到父母祝福是好的。

「別擔心，我可以向哥哥、姐姐借，甚至向大學裏的莫教授借，他不是說視我為女兒嗎？也可以向上司施太借，她説我是她的右臂……」

譽禧的臉上還是眉頭緊皺的表情，芊芊知道這表情訴説着：「我不想我們要為此東湊西借。」

芊芊堆起笑臉，拉高衣袖，做出一個大隻佬谷起手臂「老鼠仔」的模樣，當施太向她施壓，她求下屬執行不可能的任務時，她也會做出一個這樣的架式安撫他們，這象徵她會一力承擔，在她沒有難成的事。

當撥了兩通電話大哥便肯借給她三十萬、二姐肯借給她二十萬的時候，她的確躊躇滿志，認為於自己而言沒有難成的事，但在她撥了電話給莫教授之後，她知道事情沒想像中簡單。

「雖然我視你為女兒，但你也是我的學生，我的宗旨是師生之間絕不涉及金錢的事。」

芊芊一向認為年薪過百萬的莫教授不會吝嗇借給她十萬、二十萬，此刻，她的心冷了半截。

「你怎可以不讓他去奔走？阿女，結婚、買樓不同工作，不用拍心口一力承擔的。此刻施太不借錢給你可能你會惱我，但過後你一定會感激我的。」當向上司施太開口時，她如是說。

廢話！芊芊當然不會再跟同事、朋友借，她不想聽更多廢話。

最後，是譽禧向父母借了十萬，二姐再多借給芊芊十萬，加上向財務公司借了一些，他們才勉強湊夠首期。

3

自從芊芊作出了買樓的決定那一刻，譽禧似乎再沒有笑過，連看見將來的甜蜜小窩那一刻，他臉上也沒有一絲欣喜的表情。

他對上司更低聲下氣了。從前，下班後上司來電話，他會口裏唯唯諾諾，一邊向芊芊做各種逗笑的表情，表達內心的陽奉陰違。現在，他跟上司通電話時，俯首低眉，幾乎鞠躬行禮，表現得太着緊那份卑微的工作，儼然把那掌握自己兩萬元月薪的工作的上司，當成自己命運的操控者。

他加班的次數更加頻密，話更少，芊芊留意到，他「寒背」的情況更嚴重了。是低頭太多，還是背上的擔子太重了？

從前譽禧對待壓力是否都是這樣？應付大學入學試、畢業考試、論文答辯、職場生涯出錯時，他是否也像如今那樣？芊芊不知道。她和譽禧正式交往只有八個月，之前，譽禧是她的上司。當她上司那時，譽禧總是對一切應付裕如的模樣，任憑上司如何催逼，他總是「刀斧加諸前而色不變」的。

實情是那家小小的教科書出版社、那個窩囊的上司，又能加給人什麼壓力？每個月出版幾本「天書」，又能有多少工作壓力？

然而，當時就是譽禧這一派安然、一切也應付裕如的表情神韻，讓芊芊離開了交往半年的男朋友投向他的。

芊芊和他相識於這家會考天書出版社，芊芊入職時是助理編輯，譽禧是高助理編輯一級的編輯，芊芊有點崇拜他。

四個月之後，芊芊因為拼搏的表現，在短時間內被破格擢升為編輯。在與譽禧平起平坐之後，芊芊對他的感情由崇拜變成惋惜。怎的一個文學碩士會在這小小的天書出版社隱忍苟活？在無能上司麾下低首下心？

芊芊選擇離開那間出版社的原因，有一半是擔心再呆下去，她對譽禧的感情會由惋惜變為憐憫。

她跳槽到一間多媒體公司後，職位升至執行編輯，薪酬更比譽禧高了一倍，但她安慰自己，在這公司輯錄八卦新聞、出版食譜、漫畫、旅遊書，一定不比譽禧出版參考書高尚，怎樣說，那也可以與造福莘莘學子、作育英才沾上點邊呀！

看到譽禧這卑躬屈膝、肩上有千斤重壓的樣子，芊芊告訴自己，一定要為他做點什麼。她有時候也懷疑自己有「救世主情意結」，妄想做救世英雄。這是她的下屬說的，也許背後是在嘲笑她不自量力吧！

讓譽禧到自己的公司來工作？那會污染了他的，而且施太不會要不能為她衝鋒陷陣的員工。還有，難道要他進來當自己的下屬不成？

想來想去，想得頭昏腦脹，芊芊感到這任務比之前她策劃出版一本又一本暢銷書都要難！

做她的下屬不成，跳槽不容易，在原來的公司也壯志難伸，抬不起頭，剩下的唯一出路只有——創業！

在芊芊放大假的第六日，她吃完早餐路過馬頭圍道的一幢唐樓，唐樓閣樓的落地玻璃窗貼着「招租」二字。

這閣樓有落地玻璃窗，又有地方掛招牌，經營些小生意該不錯啊！從對面馬路看進去，實用面積該有四、五百呎，裝修也不太爛，該不用花許多錢在裝修上。

打電話去問業主，租金只萬多元，而且業主肯給一個月裝修免租期，太划算了！

芊芊極速跟業主簽了租約後，才慢慢思考——創什麼業好呢？

開家小咖啡室？只有六百呎的面積似乎太小了，而且要申請飲食牌，又要搞消防什麼的，太煩人了！

開家出版社吧！出版社可以不用店面，在家開就行了，那不是平白浪費了租金，難道只用這裏做放書的貨倉不成？

出版社……書……書店！開一家書店！

她和謦禧也是唸中文系的，結結實實就是文青，文青開書店，順理成章！

而且她在這家多媒體公司工作，認識了不少作家、發行商，向發行拿貨、請作家幫忙宣傳該不成問題。

好的，那就開一家書店，書店的名字？要不要跟謦禧商量一下？他這人死心眼，好點子不多，自己想好了，給他點驚喜最好。

店名……文青書房？太簡單！

新書店？無厘頭！

新……新……新……

新鮮？新年？新人？他們快要結婚了，是一雙新人，但這跟書店顧客有什麼關係？難道他們會來喝喜酒、做人情不成？

新……新……新……沿着這點子想下去，新年……新的一天……新的一月

新月？在大學裏唸現代文學，唸過聞一多、徐志摩的「新月派」，新月派詩人……徐志摩、陸小曼……他不理家人反對娶陸小曼，在婚禮上被視他為兒子的恩師梁啟超訓斥，但他甘之如飴。愛情力量真偉大，令他甘冒天下之大不韙，反封建，有創新精神啊！

他是離婚與陸小曼再婚的，背負拋妻棄子的惡名，但居然能和前妻維持好友關

係，開明，開一代風氣之先，好！

就新月吧！夠「文青」啊！又浪漫，而且有才氣！

想到這裏，她就像充飽了氣的氣球，充滿了電的機器，一發不可收拾。她火速去做了招牌，辦了商業登記，還找來了最便宜的裝修師傅來簡單的粉飾一下牆壁，再在二手網中找到出讓整套十個書架的書店——這年頭，結束的書店多的是吧！用的錢，都是她用信用卡透支得來的，她有信心一定可以賺回來。

書店的簡單油漆在三天內完成，書架也全部送來了。

上帝造天地花了七天，芊芊註冊結婚、開聯名戶口、買樓、開書店，只花了十天，剛耗盡了十天大假，她為此感到十分驕傲。這十天，她完成了令自己和譽禧的人生翻天覆地的事，而譽禧還不知道哩！

他知道之後，會有多大驚喜啊！芊芊期盼譽禧會給她一個深情的擁抱。

4

「新月？」譽禧問。

「好聽吧？」芊芊一貫的自以為是。

「是書店？在哪裏？」

「就在前面，快到了。」她指一指街角。

「最近大家都忙翻了，還有時間逛書店？」

「不是逛書店啊！」她強忍着揭秘的衝動。

「不是逛書店來這裏幹嗎？我回家還要幫上司完成他在出版商會的講稿……」

「他自己的講稿也要你預備，不太過分嗎？」想到譽禧工作上的慘況，芊芊愈覺得自己的決斷英明，啊，不，是為他作出的決斷英明。

「連書店的招牌也是新的，這是新開的書店？難道是你認識的朋友開的書店？」

譽禧看着樓梯旁簇新的書店招牌，隨着芊芊走上那唐樓樓梯。

「這讓我想起大學時期常常逛的那些旺角區二樓文史哲書店，這些書店經營很不容易吧？你有沒有勸過你的朋友？許多人說過你要害一個人的話，第一是建議他搞出版社，其次是建議他開書店……」

「可是，你不是說過在大學時代的理想是開一間二樓書店嗎？」

「那只是當時幼稚的想法吧！」

譽禧話未說完，看見芊芊在鐵閘前停步，竟掏出鑰匙來開閘，根據她這陣子以來做的一連串衝動、冒進的事，一種不祥預感馬上打從心底竄起。

「現在是實現夢想、告別令人消磨壯志的工作的時候了。」她打開了鐵閘後，挪開身子，讓譽禧走進去看看他的實現夢想之地。

「你辭職需要一個月吧？扣除了大假的話也許十多天便行了。」她說時難掩興奮，為即將救譽禧脱離苦海而興奮。

「我……辭職？」

「當然啦！我們也沒錢請店員，而且看到過許多創業成功案例，都是說要老闆親力親為，不可假手於人的，力不到不為財嘛！」

「但是，為什麼不是你辭了職親力親為，而要是我呢？」譽禧想說，但想起芊芊的月薪是自己的兩倍時，就把說話吞回去，只道：「辭掉了工作，做生意又虧了本怎麼辦？」

「別擔心，有我的薪資支撐着我們的生活呀！而且施太對我說過不久之後會再給我這個得力助手調整薪金的。」她自信滿滿的説。

「可是我完全沒有做生意的經驗，對於營運一間書店更是一竅不通，俗語説不熟不做啊！貿然開一家書店不太冒險嗎？」

「有什麼會是一開始做就懂、就會做得很好的？我都想好的了，我認識不少作家，請他們寫寫鱔稿、搞搞簽名會，不是很好的宣傳嗎？我也認識不少書籍發行商，放心吧！開書店的話，我們還是比其他人有優勢的。」

譽禧無奈的看着芊芊，他想難道她沒發覺自己口口聲聲：我想好了、我認識、有我支撐着……，但結果卻是要他去辭職、去創業、去冒險……，這其中，沒有一點邏輯問題嗎？

「如果你太擔心的話，我多問哥哥、姐姐借一些錢作入貨和備用資金好嗎？」看着一臉問號和憂心的譽禧，芊芊這樣說。

一聽到芊芊說要再向哥哥、姐姐借錢，譽禧馬上改變了臉上憂慮的神情，變成尷尬，再變成……他想：再向芊芊的哥哥、姐姐借錢的話，將來面對他們時怎抬得起頭呢？就是因為自己抱怨過上司無能、工作壓力大，臉上展露過太疲累的神情，芊芊才會急於展現神奇女俠本色去拯救他，如果再被她發現急待援手的弱者，她又會做出什麼令人難以逆料的事情來？他馬上將憂戚變成強顏歡笑。

就是知道他會喜歡創業、喜歡接受挑戰多於承歡於上司治下，會感激她助他重拾開書店的夢想的，看到譽禧臉上的笑容，芊芊盤算着一會去哪裏好好慶祝。

5

新月書店開張的那天，芊芊請來不少她認識的作家來出席酒會，他們還留下不少親筆簽名的書；和她相熟的發行商也送來許多花牌，放滿了樓梯，令這裏頗熱鬧了幾天，但是幾天過後，這間閣樓書店又回復平靜，甚至是令人發慌的平靜。

因着書店要交租和營運資金的壓力，芊芊找了一份晚間的兼職，是在一個網站擔任行銷編輯的工作。令譽禧感到困擾的，是開書店之前的日子，每天下班之後都會和芊芊見面，但是打從她放了十天大假，然後是註冊結婚、買樓、開書店，如狂風掃落葉一般，譽禧的生活完全改變了。

昨天他翻看過書店中一本心理學書，書裏提到結婚、搬家、轉工等轉變都會為人帶來壓力，而如果幾種改變一起遇上，那是令人一時難以承受的壓力，一旦壓力爆表，會令人心理出問題甚至得抑鬱症。

書裏面又提到，人每天要見十個人以上，才能維持心理健康，長期少見人類亦是抑鬱症之源。

譽禧環顧這無人的書店，委實有點兒心寒，這兒哪裏會有人呢？幸運的話，午飯時會有一兩個在附近上班的人會好奇上來看看，但都是轉一圈便走的，停留不多於十分鐘。

開始擔心自己會患上抑鬱症的譽禧站在書店的落地玻璃窗前面，眺望對面的馬路，他開始懷疑芊芊在簽租約之前，有沒有想過租鋪有陰陽街的分別。陰陽街的分別不單在於是否有陽光直接照射，還在於同一條街道兩邊有旺與不旺的區別。譬如這條馬頭圍道，對面的後面有許多商業大廈，每天有如潮般的上班族湧進湧出，所以商鋪、食肆林立，巴士、小巴站也全在那邊。至於書店這一邊，因為後面多是繁忙的車道，所以人流方面與對面完全不可同日而語，難怪租金便宜這麼多。

礜禧也有點懷疑芊芊根本沒有理會過這裏附近的客源，這裏多在出入口貿易、物流公司工作的人之中，有多少會是喜歡看書的？而因為資金緊絀，芊芊讓發行商朋友提供賣出了才需結帳的寄賣書，這其中，書的種類蕪雜不堪，而暢銷書卻是鳳毛麟角。

礜禧十分懷疑芊芊雖說開書店是為了實現他大學時的夢想，但其實從未弄清楚過他想要些什麼。他大學讀的是中文系，當時幻想的是開一家賣文史哲書籍的書店，而新月這店名亦是符合文史哲書籍的店名吧？但環顧店內，那些流行書發行商又會提供多少文史哲書籍給他呢？芊芊不是沒有說過他可以自己決定進一點自己感興趣的書，但在附近貿易公司工作的人會買這些書嗎？如果他任性的進了這些書，不是會全變成倉底貨嗎？

漸漸地，在礜禧的腦海中，芊芊開書店是一種近乎慈悲者胡亂放生動物的舉措是全無懸念的。他原本工作的教科書出版社的上司，不錯是常要他加班又會搶他的功勞，但他總算是賞識、信賴自己的，而且他不算是頂難纏的上司，且跟自己是相處得來的。譽禧壓根兒從沒想過要辭職，他原以為自己會在那兒工作十年以上的。

芊芊不是莊子，她以己度人、一廂情願地認為池塘裏的魚兒不快樂，於是大發慈悲地把牠拿到大海放生，完全沒想過牠是淡水魚，放到鹹水裏會死！

譽禧不是不可以反抗、不同意，只是，為了終於可以和心中的「女神」走在一起，他毫不猶疑的作出了自我犧牲。漂亮、聰明、能幹的芊芊，甫加入那教科書出版社就成了一眾男同事的追逐對象，而她竟然跟平凡的自己約會，還竟向自己求起婚來，這是任何男生也抗拒不了的吧？而且她獨自籌辦婚禮、新居、書店，還不惜拉下臉來向家人、朋友借貸，這種付出是任何一個男生不能不為之動容的吧？

然而，弔詭的是，素願要達成了，他不用再天天加班，她卻要一星期六晚兼職，連星期日也難得和她見上一面，這又是為了什麼、何苦來由呢？

6

因為書都是發行商隨意給的，所以新月書店裏的十個書架中，有兩個書架是放小說的，一個放的是流行小說如愛情小說、鬼怪小說之類，一個放的是武俠小說，最多的是金庸的巨著。另外三個書架放的是食譜、旅遊書和運程書，都不是最新出版，三、四年前出版的也有。譽禧想：小說是可以長賣的，就算不是最新出版的也會有人買，但旅遊書出版一年後資料已有很大出入，根本無人問津；星座、生肖運程書更不用說了，這些書通常是年尾的時候最好賣的，讀者想知道來年的運程才買來看，到了新一年來臨或已到了年中又有誰會買？

譽禧向發行商反映過，其中一個說：「賣不去也不要緊，反正是寄賣方式，賣了才需要結帳的，賣不了就放着吧！放心，放黃了放舊了我們也會收回的。」

譽禧想：書賣不去的放着有什麼用？這不是成了發行商的另一個貨倉嗎？這裏可

是要交租的啊！書賣不去的話，這裏就要「納空租」了。

另一個發行商送書來的時候，對這書店的位置好壞已心中有數，他說：「繁忙的食肆、人流都在對面街，縱使是最新、最暢銷的書也不會有多少讀者能看到吧？書放舊、放黃了才退回給我們，其他書店會嫌棄不肯要的。」

這不就是看不起這小書店嗎？譽禧知道，這些發行商若不是和芊芊有點交情，是不會供書這裏寄賣且給予三個月期數的。芊芊也知道這些不是最新、最暢銷的書，可是，在沒有錢入貨的大前提下，能夠把書架填滿已經不錯了。然而，書架填滿了又怎樣？沒人買書的話，拿什麼去交租？還有他的薪金呢？譽禧實在不敢想下去。

兩個放小說和三個放食譜、旅遊、運程書的書架以外，還有兩個書架是放學生用的字典、補充練習和參考書的，芊芊說對面街的商業大廈中有很多雙職媽媽，這裏有這些書賣對他們來說很方便。

還有兩個書架上放的不是書，是放紙黏土和陶瓷精品的，是芊芊的朋友的手造精品，放在這裏寄賣，芊芊說書架空着不好，讓朋友放物品在這裏寄賣，當是互相幫助吧！譽禧完全不明白這互相幫助的邏輯，這些所謂精品，只是更成就了書店的雜亂無章罷了！

最後一個書架，也是只有這唯一的一個書架，是放着譽禧自己想賣的文史哲書的。讓書店中其中一個書架放譽禧的文史哲書，已是芊芊最大的讓步、二人最大的妥協。在書店開張前兩天，譽禧到了深圳的書城選書，一個人把兩大車手推車的書拉回來，搬上閣樓。雖然辛苦、雖然筋疲力盡，但譽禧也認為是值得的，至少，這一書架的書讓他能勉強欺騙自己——開這書店也有一丁點符合他的意願。

也幸虧有這一書櫃的文史哲書，才令譽禧在書店裏不至於度日如年。他是喜歡工作的人，忙碌的時間最容易過。現在，每天九時起牀，十時回到書店，拉開鐵閘、開燈，然後把宣傳用的A字板拿到樓下擺放。之後回到書店，象徵式的執拾一下書架，其實也沒什麼好執拾的，因為幾乎沒有人動過。一直到晚上八時，每天整整十小時，他就是在看書中度過。有時他會寧願自己是圖書館管理員，因為除了看書之外，還有借書還書等事可做，而且，會有薪金。

他統計過，除了開張的第一個星期，有芊芊和他的朋友總共十多個顧客共買了千多元的書以外，此後的一星期，每天平均有一兩個住在附近或在附近工作、「貪新鮮」或好奇的人來，多是繞一兩個圈沒幫襯便走的，所以開張後的第二個星期只賣出了三本書，有一百三十三元營業額。之後的兩個星期更慘淡了，每天只有一兩個人來，而且多是相同的一兩個人。

書店的後方放了兩張藤椅，供顧客坐下看書之用。上午常有一個年輕人來，坐下之後就拿出自己帶來的教科書溫習。他應該是公開考試的自修生吧！也許公共圖書館的自修室位置難覓，他幾乎天天都來，譽禧見他每次來也只是靜靜的溫習不礙事，也沒有趕他走。

下午常有一個住在附近的中年女子來，主要是看小說，一坐就是兩小時，只「打書釘」不買，書看累了就跟譽禧聊聊天。起初譽禧會跟她聊幾句，但因為她幾乎每天都來，有時會合上書怔怔地看着譽禧，看得他心裏發毛，所以譽禧不再搭理她，希望她感到沒趣不再來。

因為要做兩份工作，連星期六、日也忙不過來，一個月後的星期日，芊芊才有空來書店。在書店繞了一個圈之後，她停在文史哲書的書架前，違心地讚歎說：「這些書真是選得好啊！這麼多這麼重，由深圳搬回來很辛苦吧？」

之所以令譽禧覺得她的話是違心的，因為她的第二句話是：「其實這個區不會有人買這些書吧！這些文史哲書，在大學生愛逛的旺角區二樓書店才會有人買啊！」

當查看電腦中的書店記賬時，芊芊的眉頭一直緊皺着，然後，她花了十分鐘製作了簡單的宣傳單張，拿到對面的文具舖影印、切開，準備拿去到對面街上派。譽禧知道她一星期工作了六天已經很辛苦，還要拉下臉來到街上站幾小時派單張，實在於心不忍，於是說：「讓我去派吧！」芊芊卻說：「還是我去吧！你留在這裏等顧客來吧！」

7

從前在教科書出版社做同事時，芊芊最喜歡聽譽禧談的一切：他講上司的餿事、同事之間的瑣事，說得繪影繪聲像說書人，能夠滿足聽者的好奇心又不會讓人覺得他很「八卦」。他教芊芊工作時很有耐心，當編校徐志摩的〈再別康橋〉時，他還跟芊芊娓娓道來徐志摩和陸小曼的浪漫故事，當時，芊芊覺得他很博學、說話很動聽、待人親切又有耐心，那時聽譽禧說話，她就像一個小粉絲，雙眼都變成了心心眼。

現在，有時她拖着疲乏的身軀回到書店，只會聽到譽禧絮絮叨叨的說：

「昨天那個中年女子來到一坐又是兩小時，經過她身邊時，嗅到她的頭髮油膩的氣味，也許她不是天天洗頭的……」

「時常來把這裏當作溫習室的年輕人，原來是和我的弟弟讀同一間中學的師弟，沒跟他談起也不知道，他還說弟弟當年是校內的風頭躉……」

「昨天看了徐志摩的《愛眉小扎》，原來陸小曼……」

「你今天又看了一整天書？」芊芊打斷了譽禧的話。

「只是從下午開始……」譽禧囁囁嚅嚅。

「進書的貨單這麼亂，你有時間為什麼不整理一下？Morris說不要小看了我們這些小生意，若果帳目理不好也是很麻煩的。」

「我不擅長這些，報稅時會計公司的人不是會弄清楚嗎？」譽禧說。

「我們哪有錢幫襯會計公司？」芊芊不自覺地提高了聲線，「而且我們今年鐵定是賠本的，賠本的帳還要花錢請人做嗎？不擅長的可以學呀，反正你這麼空閒！」

聽到芊芊「我們今年鐵定是賠本的，賠本的帳還要花錢請人做嗎？」這話，譽禧感到很受傷害。

「今天又是沒有一個顧客嗎？」

每次聽到芊芊問這句話，譽禧就感到很大壓力。

「也不是沒有，今天那個來溫習的年輕人，他叫子匡，他……」

「他才不算顧客呀！他來只會白白浪費我們的電費和租金！」

「可是，今天他大破慳囊買了一本《拍案驚奇》，是我介紹給他的，他聽我談明清小說談了個多小時也不嫌悶……」

「天天來這裏白坐，只是今天買了一本書你便這麼高興！他不只白白浪費我們的電費和租金，還浪費了你的時間！」

芊芊一輪搶白，令譽禧不懂回應。

「沒事做的時候，你可以想想一些新點子，例如怎樣宣傳。Morris 提議我們可以接觸一些中學的圖書館主任，幫他們訂書。」

「可是，我沒有他們的聯絡方法……」

「網上可以查到學校的電話啊！反正你都是閒着。」

「我不認識那些圖書館主任，不知道他們的名字，打電話到學校根本接觸不到他們。」

「你可以運用些説話技巧去問……」

「這不是跟賣保險的 cold call 一樣嗎？如果我那麼擅長運用什麼説話技巧，就會去做保險經紀不會做編輯了！」譽禧心中有氣。

「可是書店沒生意，不擅長的也要做呀！我不是也去過幾次派傳單嗎？難道我又擅長抛頭露臉做這些？可是為了省回派傳單的錢，迫不得已也要做呀！」芊芊感到委屈。

這時書店裏的空氣彷彿凝住了不再流通，令人感到窒息、呼吸困難。

看到譽禧的臉色由白轉綠再轉藍，芊芊只好說：

「這樣吧，明天我請 Morris 向他那位做學校書展生意的朋友拿圖書館主任的名單吧，Morris 認識的人多，一定有辦法的。拿到名單，你沒事做空閒的時候……」

二人的對話到這裏戛然而止，因為芊芊覺察到自己說「你沒事做空閒……」這句子說得太多了。

然而，譽禧感到她說「Morris 怎樣怎樣」這話比說「你沒事做空閒……」更多，也更令人厭煩、更具殺傷力。

8

譽禧的媽媽跌倒骨折入院了，老人家跌倒不是小事，他天天乘車到香港區探母親，芊芊難得有一天假期，卻要做譽禧的替工幫忙看書店，感到十分無奈。

她在附近的All day breakfast吃了一個豐富的brunch，才悠閒地回到書店開鋪，那是十二時五分，離原定開鋪的十一時，已經遲了一小時五分了。

吃力的推上了那捲閘，按亮了全店的燈，她知道譽禧慣常會把宣傳用的A字板拿到店樓下擺放。她沒想到這A字板會是那麼沉甸甸的，才抬着走了幾級樓梯，她已有點後悔了。現在把它抬回去只要往上走幾級，但抬下去就還要往下走二十多級，而且有機會讓腳上那三吋高的名牌高跟鞋弄斷。

她想：反正沒多少人會看到這A字板，看到這A字板而會上來看看的更少之又少，這A字板的宣傳作用大概只0.001，所以，不放也罷！

正當她想把A字板搬回去時，樓下一條黑影竄上來，嚇了她一跳。

「我幫你搬下去吧！」那人說。

近看仔細，那是一個十多歲、「宅男」模樣的年輕人。

他說完，沒待芊芊回答，便把A字板抬到樓下，芊芊急步跟下去。

「放在哪？有字那面向街還是向裏面？向前還是向後？」那人說。

「你是誰？為什麼要幫我？」芊芊問。

「你先說怎樣放吧！禧哥好像是將有書店名字的這面面向馬頭圍道的。」

說着，他按照自己的意思將A字板放好，就逕自跑回書店裏。芊芊又氣呼呼的追上去。

「禧哥說日間招牌上的燈不用開，省點電。」他說完打開電箱關了那燈，之後就坐到書店一端的藤椅上，拿出書來溫習。

芊芊猜到他應該就是譽禧口中的那個學生，但就算知道她會猜到，始終她才是書店的店主，這人怎可以沒大沒小的事事自己拿主意？

她故意在他跟前走來走去，像在宣示主權的貓，但他十足專心溫習，完全沒理會她。

算了吧！反正相安無事，芊芊就只好由他，自顧自拿出手提電腦來工作。

做了一個半小時，委實悶得發慌，她想去整理一下書架上的書，卻發現書架上的書放得井井有條的程度，比任何一間圖書館也強多了。

實在憋不下去，她竟逗起那學生說話來：「平時你的禧哥都是在做什麼的？我坐在這裏兩個小時也是難捱。」

「他會看這個書架上的書，」學生指指那個放文史哲書的書架，「禧哥說已經看完半個書架的書，遲一些該可以接一些代寫碩士、博士論文的工作……」

「他跟你說的？那是說真的還是說笑？作弊的事他該不會做啊！」芊芊認真地問。

「說笑可以，真的也無妨，無可無不可……」他道。

「你這是在敷衍我！」芊芊微慍。

「敷衍又怎樣？已花了我五分鐘，這可能會對我拿到5星星成績的其中一顆星，有十萬分之一的影響啊！」他看看牆上的大鐘，吐出一個字「完」，馬上又低頭看書。

芊芊拿他沒法，在店裏百無聊賴地走了一圈又一圈，打了幾通電話，然後只好上一趟洗手間。

然而，洗手間馬桶的沖水系統也好像跟她過不去，沖了很多次，也沖不走馬桶裏的廁紙。

這時，洗手間外面響起了那學生的聲音：

「廁紙要放在馬桶旁的廢紙簍裏，放在馬桶裏沖不走的。」

她氣沖沖的從洗手間跑出來，學生指着馬桶旁的水桶說：「可以裝滿一桶水去沖，該沖得掉的。」

芊芊無奈地盛滿了一桶水去沖，憋了一肚子悶氣。

「下次廁紙要放到旁邊的廢紙簍裏，不要放到馬桶裏，緊記！」

「為什麼管理處的人不來處理一下？」芊芊的悶氣沒處發洩。

「唐樓有管理處、管理員嗎？你記得你交過管理費？」他搶白。

「那麼負責清潔的……」

「你們有請過清潔阿姐？有出過糧給這人？」

「那麼……那麼……」

「馬桶再塞一次就麻煩了！」

「再塞一次？」

「這裏的馬桶已經塞過三次了，舊唐樓嘛！最糟的一次，糞便都湧出來流到店面上，禧哥清理時糞便弄得衣褲上都是。那一趟，還是我把他帶回我家讓他洗洗澡，借我的衣服給他換的。」

「這些他都沒告訴我。」芊芊感到震驚。

「禧哥說不要告訴你的，哎……」他馬上掩上嘴，說了一聲「完」，便跑回藤椅那邊繼續溫習。

個多小時後，他也走了，剩下芊芊一個。等了又等，她想譽禧該回來了吧？她打開電腦，查看他到東區醫院需要乘什麼路線的巴士、要花多少時間。查看之後，她才知道這陣子以來，原來譽禧每天得花這麼多時間去探母親，探完得趕回來看舖，是多麼折騰和辛苦。

待到譽禧回到書店時，他彷彿看到芊芊面上長出好幾瓣草菇，已經長成熟可以摘下來食用了！

「獃了這大半天很悶吧？」他問。

芊芊把頭放到收銀櫃檯上，活像滿漢全席上的猴子腦般。

「上班忙得暈頭轉向的時間倒容易過，獃在這裏度秒如年吧？」譽禧見芊芊沒反應，關切的再問：「你吃過午飯了嗎？肚子餓的話你先到下面吃點什麼吧！」

芊芊抬起頭，說：「改天我跟你一起去看媽媽吧！我一次也沒去過……」

「不用了，明天她要出院了，我會去接她。妹妹和爸爸也要上班請假不易，所以只好由我去接她。我知道已經有許多天在開店的時間去了探媽媽，明天之後再不用去了。」他說時一面歉疚。

芊芊正想說什麼時，她的手提電話的響鬧裝置響起了。她拿起來看，那是提示她——此刻正正是她預約了和譽禧在沙田婚姻登記處註冊的時間。不知道是因為譽禧媽媽的住院，還是她工作忙，還是因為……總之，她和譽禧，還有他倆的家人，誰都沒再提起過他倆要註冊的事，他們也沒有向親友提起過……

然後，譽禧的手提電話的響鬧裝置也響起來了。他拿起手提電話，但沒有看，只偷偷瞥向芊芊，發現芊芊也在看着他，兩人相對無言。

良久，芊芊躲進了洗手間，久久沒有出來。當她想按馬桶上的沖廁按鈕時，想起那個學生的話，想起店子裏曾滿是糞便，難過得嗚咽起來。

9

「我有一個好消息。」

芊芊已有個多月沒在新月出現了，這次，剛下班的她推門進來，劈頭便說這句話。

「我也有好消息要告訴你。」已經接近一個月沒見芊芊，譽禧仔細端詳她，愈來愈會打扮的她增添了一分亮麗，卻多了一分陌生。

「你先說。」芊芊喜孜孜地少有的禮讓。

「你先說吧，是不是又升職加薪了？還是有獵頭公司挖角？」

芊芊搖頭，「既然讓我先說，你就別瞎猜，把人家的熱情都給澆冷了，還是你先說吧！」她扁着嘴巴。

「這陣子，有一個屬於『公平貿易』的組織的員工常來書店逛逛，來過兩次之後，她說希望可以放他們的商品在這裏寄賣，這樣他們可節省租金等開支，我們又可以增添點收入，而且他們會在旗下刊物幫我們宣傳。你聽過『公平貿易』嗎？那是幫助一些發展中國家耕種或生產物品的小市民售賣產品，免除他們被中介人剝削壓榨的。」

「我也聽過，這樣做也很有意義呀！那個員工一定是女孩子吧？」

「是男是女有什麼關係？」

「只是直覺那是女孩子而已。」芊芊想掩飾自己的多心。

「你呢？你的好消息呢？」譽禧問。

「我的好消息比你的好多了！地產代理告訴我，我們買的那單位升值差不多八十萬哩！」

「你打算賣了它？」

「反正我們都沒搬進去住過，也沒裝修過。什麼也沒做過，大半年就賺了八十萬，很神奇吧！賣了它，我們就不用再有供樓的壓力，而且可以還清欠款給家人，還每人可分到幾十萬……」芊芊愈說愈興奮。

「你打算賣就賣吧！其實供樓壓力都是你一個人拱上的，借的錢也主要是向你的家人借的。賣了樓也不用分給我，只要還錢給爸媽就行了，反正我也沒怎麼付出過……」譽禧說時帶點黯然。

「雖然錢是我付的多，供款的也是我，可是……其實你付出的比我要多，你辭掉了工作，要守着這間沒前途的店子……。買賣樓宇一下子就賺到八十萬，開店一輩子也賺不到這些錢哩！賠本的機會更大。拿了分到的錢，你可以再去找工作，不要再在這店裏耗費時間了。都是我不好，當初做了錯誤的決定，連累了你……」

看到芊芊歉疚的表情，譽禧的心情冷了半截。當初興致勃勃開書店的是她，沒在這裏看店多過十次，七、八個月下來，已經意興闌珊了嗎？譽禧心忖自己付出了這麼大的努力，不都付諸流水了嗎？雖然，他也看不到這小書店的前景，也明白沒有芊芊的薪金補貼支持，這裏是經營不下去的。

譽禧重重地歎了口氣，他不是可惜書店做不下去，而是，吁嗟自己再怎麼追趕，也趕不上芊芊心意變化的速度。

「你不高興嗎？我們平分吧！每人四十萬，你沒工作差不多一年，這該比你原來一年的薪金還多了……你……不至於會有多大損失……」芊芊凝望譽禧，囁嚅。

譽禧只是木無表情的看着芊芊，良久，他相信自己該逐漸有點了解她了，即使只是了解現在的她，至於下一刻……下一刻的她有什麼改變太難測了。

譽禧徐徐地從收銀櫃檯的抽屜裏拿出「手指」遞給芊芊，說：

「這是過去英超的賽事錄影，你不要再捱更抵夜去錄了……」

芊芊接過手指，帶點詫異地問：「這……這卻是你捱更抵夜錄下來的嗎？……我……你不要誤會，只是我們同事的一番心意，想用這些做 Morris 的生日禮物而已，並不是我對他……」

「不要介意，我沒有誤會……」譽禧低下頭，他的確不是在意芊芊對Morris的感情，只是確切地知道芊芊的心已經不在這裏了，為此有點傷感。

芊芊深深吸一口氣，想改變這弄僵了的氣氛，強作興奮地說：「來吧！我們去吃一頓好的，慶祝賺了八十萬……」

「吃不吃好的不重要，重要的是……芊芊，別再那麼容易投入一段感情，別再總是戀上上司了……」他語重心長地。

芊芊想反駁譽禧，可是，想到自己總是半年就結束一段感情，十段戀情中有六段是與上司或前上司之間的，就想不出反駁譽禧的話來。

10

將鑰匙交回給業主，拿回按金支票之後，芊芊頭也不回的快步跑下樓梯，譽禧卻回頭望向「新月書店」的招牌好幾次。

「怎麼？你想把招牌拆下來留念？」芊芊問。

「不，不用了。」說這話時，譽禧再回望這個他由早到晚待了整整一年的地方。

「剛滿一年，可以取回全部按金，算是圓滿結束啦！」

說完，她遞給他一張支票，說：「這是賣樓賺的錢該分給你的，已包括還給你爸媽的了。」

譽禧接過支票，怔怔地看着，良久才道：「這個給我，不太多嗎？」

「已經按比例分給你的了。」說着，又拿出另一張支票遞給他。

「這……又是什麼……」

支票上寫着一萬元的銀碼。

「這是捐給你工作的公平貿易機構的，也算慷慨吧！放心！是你我每人捐一半的。」

「那……我代表機構感謝你。」到這時，他的臉上才有點笑容。

「你加入成為他們的推廣幹事，還會主編他們的刊物是嗎？這工作很適合你，也很有意義呀！而且機構還要派你到南美考察咖啡豆農的情況，太好了！人生不就是兜兜轉轉，冥冥中有安排嗎？如果你不是辭掉工作開書店，也不會遇上這機構的人呀！」

譽禧佩服芊芊總是能從一堆壞事中找到好事。

「至於我，也不賴呀！我要追隨 Morris 跳槽了，薪金和職位也有攀升。轉工之前還有十天假期哩！」

譽禧一聽到芊芊又有大假要放，心弦馬上繃緊起來，口裏迸出一句：「這回可不要亂來了……」

芊芊看着他，認真的點了點頭，兩人相視一笑。

「我去這邊。」譽禧指着左邊的路口。

「我去那邊。」芊芊指着右邊的拐彎。

「再見。」

「再見。」

二人揮了揮手，便朝不同方向走去。

走了一會，到街角處，芊芊回頭向譽禧叫：「也許我會去南美找你哩！」

譽禧沒回頭，芊芊不知道他有沒有聽到。

此刻，踽踽獨行的譽禧想起徐志摩的〈沙揚娜拉〉。

沙揚挪拉——贈日本女郎

最是那一低頭的温柔，
像一朵水蓮花不勝涼風的嬌羞，
道一聲珍重，道一聲珍重，
那一聲珍重裏有蜜甜的憂愁——
沙揚娜拉！

五車書屋

7折

1

坐在病房外的長凳上的永嘉，低下頭惘然地看着自己的雙手。

她的手掌上有紊亂的線，重疊交錯，沒有清晰的軌跡，恍如人生，她喟然而歎。

那是百無聊賴的等待，此際，一個約莫三、四十歲，蓄平頭裝、皮膚黝黑的男子走近長凳坐下來。

永嘉朝他微微點頭，她猜想：會是大光的親戚嗎？

這是單人病房外面，過了探病時間，該是近親才會在這時間來，而且，極可能是跟她一樣，在等候檢查各方面是否適合捐肝給大光的。

大光只有兩個妹妹，沒有弟弟，是他的妹夫？那他的妹妹怎麼沒來？

永嘉沒開口問，默默地坐着，然後，她瞥見他的手機6.5吋大屏幕上，有大光的全家福。

那是大光和他的太太坐在中央，他們的兩個兒子分站兩邊。他們刻意穿戴成文革時期的衣飾模樣，拍成一幀有趣的懷舊照。

站在兩人右邊的是他們的大兒子，站在左邊的是他們的小兒子，約莫十三、四歲。他的樣子像極了中學時代的大光。

男子轉過臉來，瞥見永嘉在窺看他的電話，她尷尬地轉開臉。

為了解凍凝住了的氣氛，永嘉打開了話匣。

「你……大光的親人？」

「嗯，」男子點頭，「我是他的小舅。」

「哦，是 Brenda 的弟弟。」永嘉說。

聽了她也認識自己的姐姐，男子放下了戒心。

「你呢？你是……」他問。

「我……是大光的朋友。」永嘉回答。

聽到永嘉的回答，男子的臉上閃過一抹失望的神色。

「只是朋友……」他說。

看到他臉上那一抹失望的神色，永嘉猜想，大家在這時間坐在大光的病房門口，猜到對方也是應醫生之約，來接受檢查看看是否合適捐活肝給大光的。而那一句「只是朋友」，大概是他認為「只是朋友」的話，因為不是至親，也許適合捐肝也會諸多考慮，要緊關頭可能會反悔。

永嘉皺了皺眉，想回應：「不只是朋友。」但她和大光的年齡相若，說這話難免令他的小舅子有不必要的聯想。

「我們是朋友。」永嘉省去了那個「只」字，她想告訴他：有一種朋友是可以肝膽相照，肯為對方做任何事的。

他像是有點明白永嘉的意思，再從電話中翻出大光的全家福來看。

「一家人齊齊整整，多好！」他將手機屏幕側向永嘉的方向說。

「大光的小兒子像極了初中時的他，簡直一模一樣。」永嘉若有所思。

「初中時代的姐夫我倒沒見過。你和他是中學同學？」他問。

「是中學和大學的同學，認識他，是讀中二時。」永嘉答。

2

中學時期上體育課，是兩班一齊上的，但是分開男女生上課，男的由男老師教，女的由女老師教。

每年會有那麼一兩次會男女一起，都是上舞蹈課。中一是一起學土風舞，中二是一起學社交舞。

這一堂，是學跳華爾滋，男女體育老師竟罕有地相擁示範跳了一隻華爾茲。

大光讀二甲班，永嘉讀二乙班，男女一起上課，老師吩咐，高的要和高的一對，矮的要和矮的一對。

永嘉和大光都算是班裏最高的那幾個，走近一比就變成了一對。

「我叫鍾大光。」

「我叫陳永嘉。」

「永嘉之亂！中史老師教過有這樣的歷史事件！」大光煞有介事地說。

「你的名字好奇怪！」永嘉反唇相稽。

「不是奇怪，是偉大！《聖經》記載上帝創造天地第N日時說：『要有光！』天地就有了光。我不只是光，而且是大光！」

那一課，永嘉只記得自己的笨手笨腳，結結實實地踩了大光的腳兩次。

若干年後，她仍記得和大光跳過華爾滋，不為什麼浪漫情節，只因為大光當時有點聲名狼藉，不只是出了名的反叛，還因為只是中二生已交了女朋友。

3

中四那年，永嘉的媽媽重病住院，在醫院院牧的引領下洗禮，然後，永嘉也成了基督徒。

之後，母親病故。父母雙亡的她感到只有上主可以信靠，變得更加虔誠，且成了學校團契的副團長。

在向同班同學都傳過福音，或成功或失敗之後，她將目標轉向鄰班同學。其中一個目標，是已經由聲名狼藉進展成惡名昭彰的大光。

當時的永嘉對於傳福音火熱，是勇往直前的。

那是午飯後上課前，當她走近大光時，有三個常和他一夥的男生站在他旁邊。

頓時，身邊響起口哨聲！永嘉當時在校內不算是風頭躉，可是，一間道教學校裏的基督徒團契副團長，還是大家都知道的。

「Wow，連神婆都衝着你而來，大光你的魅力真的沒法擋！」

「她鐵定要為你這魔鬼拋棄基督了。」

身邊的男生你一言我一語，卻沒令永嘉裹足不前。

「四乙班的陳永嘉，團契副團長。」永嘉自我介紹，她沒提過中二時他們共舞過一隻華爾茲，從大光看她的眼神，她知道他一定記得起。

大光沒答話，卻聳聳肩，做了一個「那又怎樣？」的表情。

「下星期五下課後我們的團契有一個佈道會，想邀請你來參加。」她選擇單刀直入。

「我不接受不是朋友的邀請的。」大光答。

「怎樣才算是你的朋友？」永嘉問。

「我約會過的！」大光答，身邊的人又一陣起哄。

「好的，這個星期五黃 Sir 的莒光中樂團在荃灣大會堂有演出，我約會你。」永嘉說得毫不含糊。

「阿弟，這個星期五有沒有其他女生約了我？」大光霸氣地轉頭問旁邊的男生。

「剛巧沒有，大哥。」那男生答。

「大哥，不怕這『神婆』度你升天嗎？」大光身旁的一個男生說。

「怕什麼？我不入地獄，誰入地獄？」大光故作瀟灑地。

「那麼，一言為定，不見不散。」永嘉朗聲說。

*　　*　　*

星期五那天，永嘉提早十分鐘到達小巴站乘車到荃灣，她希望早到，不想給大光留下基督徒也不守時的印象。

她住在學校附近，四時下課，八時演奏會才開始，下課後她回家休息了一會，換了衣服，七時才離家。

從她的家乘小巴到荃灣大會堂的車程約半小時，她約了大光七時四十五分在大會堂門口，加上等小巴花約五分鐘，所以七時出門剛好。

到了小巴站，等車的人龍很長，永嘉數了一數，自己剛好是第十五個（當時的小巴是十四座的），該上不到第一部小巴，要等下一部了。

等了約莫七、八分鐘，她看見大光從學校的斜路方向跑來，氣急敗壞地朝排隊的人看。

永嘉想：他是在找我嗎？他為什麼找我呢？他怎麼看不到我？我該叫他嗎？如果他不是找我的話，我叫他不是很奇怪嗎？

當她這樣想的時候，看見大光又匆匆地朝學校的方向跑回去了。

那些年還沒有手提電話，而永嘉又已出了家門，大光臨時有什麼想通知永嘉只可以跑去找她。此際，永嘉想到自己前面站了一個身形魁梧的大漢，會不會因此令大光看不到她呢？

怎樣也好，她後悔剛才沒有叫大光，但後悔已太遲了，第二架小巴已來了，她只好上車。

七時四十分，到了荃灣大會堂，等了又等，直到八時演奏會開始，還沒見到大光，永嘉愈來愈後悔了。

大光一定是在學校裏有事要延遲，所以跑到車站找她。他是綠社的總務，也是班會的康樂，也許社務、班務延遲，抑或，他被老師罰留堂？班會要做壁報板？

永嘉不喜歡別人約會遲到，平時的情況她一定不會等，逕自進場看演奏會，可是剛才看見大光匆匆跑來，而自己沒叫他，自己也有點理虧，說不定他正在趕來呢？演唱會十五分鐘開場後會有讓遲到的觀眾入場的時間，就再等一下吧！

八時十五分，永嘉看了不止十五次手錶，遲到的人都一個個進場了，還是看不到大光的身影。讓永嘉感到尷尬的是還有不少同學來捧黃老師的場，他們看見永嘉都問：「怎麼不進場？在等誰嗎？」

為免尷尬，永嘉轉到演奏廳入口的側面等，她掙扎過許多次要不要自己先進去，但是最終以這句話說服了自己等下去——「如果他只會遲十多分鐘，就不用大老遠從學校跑去車站通知我了。」

她決定等到中場休息的時間，如果大光那時才到，仍有半場演奏可看，而且中場休息後入場該沒有人會發覺。

為什麼要等他一個小時呢？如果大光失信不來……或者他其實想跑去告訴她赴不了約的話……哼，我就是要讓我的守信令失信的他慚愧。看，我們基督徒能信守承諾！你慚愧了吧？慚愧的話下星期的佈道會一定要來——她就是這樣說服自己等下去的。

然後，中場休息開始，時間過去，觀眾再度入場，演奏廳的大門再度關上。

「我還要繼續等下去嗎？」這句話，永嘉問了自己不下二十次。她想起了中文科的楊老師對她說過一個關於「尾生」的故事。

春秋時，魯國曲阜有個年輕人名叫尾生。尾生為人正直，樂於助人，和朋友交往很守信用。後來，尾生遷居梁地，他在那裏認識了一個年輕漂亮的姑娘。兩人一見鍾情，君子淑女，私訂終身。但是姑娘的父母嫌棄尾生家境貧寒，堅決反對這門親事。為了追求愛情和幸福，姑娘決定背着父母私奔，隨尾生回到曲阜老家去。那一天，兩人約定在韓城外的一座木橋邊會面，一起遠走高飛。黃昏時分，尾生提前來到橋上等候。不料，六月的天氣說變就變，突然烏雲密佈，狂風怒吼，雷鳴電閃，滂沱大雨傾盆而下。不久山洪暴發，滾滾江水挾泥沙席捲而來，淹沒了橋面，沒過了尾生的膝蓋。城外橋面，不見不散，尾生想起了與姑娘的信誓旦旦；四顧茫茫水世界，不見姑娘蹤影。但他寸步不離，死死抱着橋柱，終於被活活淹死。

我要成為尾生嗎？我要攬着柱子為他死去？此時，她站得腿也麻了，於是挨着放節目宣傳單張的櫃檯坐着。

我要等下去，而且不要苦苦地等，要快樂地等，等他兩小時，一定能感動他，也許還能得到神的喜悅和稱讚。

於是，她拿了一大疊節目宣傳單張，挨坐到一旁，翻呀翻，有些更仔細閱讀，直至把二十多張單張都看完。

然後，她還把大會堂內的宣傳海報都看了一遍。不久之後，演奏會完了，演奏廳的大門打開。永嘉連忙閃到一旁，怕再遇上同學會尷尬。

好了吧！仁至義盡了，自己的守信比得上尾生，對得起神了。她撫着自己瘦軟的腿，對自己說：回去吧！

為免遇上同學，她等所有觀眾散去才離開，但當她走到大會堂門口時，後面一把聲音叫住她。

「你真的還在這裏！」大光大叫。

永嘉驀然感到自己很愚蠢，想撒個謊說：「我剛看完演奏會出來。」

但謊沒撒成，因為大光說：「你竟在這裏等了兩個小時，剛才那個同學告訴我，我還不信！」

噢！竟被發現了，原來有個同學看到她一直站在附近等待！

「永嘉之亂，真有你的，你是守信的人。我也不是不守信呀！因為要趕做班會壁報，肯定要做到八時多，我打電話到你家，你姐姐說你已經出了門口，於是我馬上跑去小巴站，卻找不到你，也許那時你已上了小巴，在路途上了……」

「沒有呀！我還在等車，我看到你跑來……」永嘉囁嚅。

「看到我你怎麼不叫我！」大光反而責怪起她來。

「我……」永嘉實在想不到什麼理由解釋。

「你這永嘉之亂，你的頭腦也十分紊亂不清呀！你那時叫住我，就不用自己等兩個小時了。」

永嘉鼓起了腮，說不出話來。

「唉，看在你等了我兩小時的份上，我請你吃東西吧！」大光說。

他沒有請永嘉到餐廳吃東西，只是買了兩瓶汽水和一包燒賣、魚蛋，帶她到附近楊屋道公園，坐在長凳上吃。

那時已經是晚上九時多，大光嘰嘰呱呱的談着自己做壁報的瑣事，又侃侃而談起永嘉之亂的原因、經過、結果來。

一個多小時的談話，讓永嘉知道原來大光很喜歡中史科，而且成績不錯。他還喜歡看柏楊寫的書，把他的整套《中國人史綱》也看完了。

她為大光仍喚自己做永嘉之亂而高興，她猜想他該記得中二那年上體育課的事，但她也懷疑熱愛讀歷史的大光一聽到永嘉兩個字就會聯想起永嘉之亂。

談呀談的，竟到了十一時，大光說：「我送你回去。」

小巴上，永嘉捺不住問：「你為什麼那麼愛犯校規？」

「我犯什麼校規了？」他理直氣壯。

「談戀愛。」永嘉說。

「校規上有寫着中學生不可談戀愛？再者，什麼是戀愛你知道嗎？愛，怎樣定義？」

永嘉想唸〈哥林多前書〉十三章的「愛是恆久忍耐，又有恩慈……」但她自己從來沒戀愛過，大光一定會說她沒說服力。

「戀愛沒寫在校規裏，可是校規有規定男生不可電髮，訓導主任何Sir也說過……」

「我沒有電髮呀！那天跑完步太累，回家洗了頭沒等頭髮乾就睡了，醒來頭髮就全變得鬈曲了。我對何Sir也這樣說的。」他說時眼也沒眨一下。

永嘉瞪着他看，想不到話來反駁他。

小巴到了總站，大光陪永嘉走了一小段路，到了永嘉住的那幢公屋的斜路前，大光說：

「不是交往對象的女生只能送到這裏，不能送進她住所範圍的十米內。你自己走上去吧！放心，我會看着你進入大廈才離去的，有什麼事就大聲叫吧！」

對於大光的歪理，永嘉沒有反駁的餘地，大光肯送她到這裏，她已經十分感激了。以前從沒跟男生約會的她，當然也從沒有男生送她回家。

* * *

事情峰迴路轉，星期一回到學校，有關永嘉和大光約會的事已經傳得沸沸揚揚，如炸開了的鍋。

有同學看到永嘉在等大光，也有同學聽到大光到處問有沒有看到永嘉。大光和許多女生約會的事，訓導主任一早想整治他，如今他竟連團契副團長、虔誠基督徒也不放過，委實令不少自認為正義的老師恨得咬牙切齒。

永嘉也不好過，許多愛她的老師疼惜她竟受了魔鬼的引誘，痛心疾首地勸她懸崖勒馬，不要學壞了。

她知道百辭莫辯，但也不想分辯，只知道自此自己身後有許多雙監視的眼睛。

有幾回下課後，她在學校的樓梯間背書，身後傳來訓導主任 Miss Ng 的乾咳聲。

學校規定不准學生到天台，連走上天台前的十級樓梯也列為禁區。Miss Ng 的乾咳一聲是提醒永嘉要規行矩步，勿越雷池半步。

永嘉卻走上樓梯，每拾級一步就高聲數一聲：「一步、兩步，之後……啊，快要走近離天台的第十級了。……」

她站定提腿，裝作要一腳踏上十級禁地，然後用誇張的動作把腳踏回下一級，大叫：「幸好沒犯校規！」

那一刻，永嘉發覺原來一向循規蹈矩的自己，骨子裏也有點反叛。

星期五佈道會之約？該是不了了之吧！因為大光被整治得很慘，每天下課都被罰留堂，當然包括星期五的下課後。被整治的理由不是因為談戀愛，因為和他傳出戀情的女生不是模範生就是資優生，更有校董的女兒，沒理由只懲罰男生不懲罰女生的，但連女生一起懲罰，家長之間的反彈校方會承受不起。

於是，在校方避重就輕之下，大光以「電髮」之名被重罰了留堂一個月。

星期五下課後，忙於號召同學參加佈道會的永嘉在走廊上見到大光，大光鬈曲的頭髮已被拉直了，聽說是他那一班的班主任——飽受訓導主任壓力的 Miss Yuen 哭勸了幾小時，他才肯就範的。

擦肩而過，永嘉瞄了瞄大光，大光用左手在頸前一劃，永嘉吐了吐舌頭。

那一刻，永嘉想，外表反叛的大光也有顧念他人的一面。

4

永嘉考大學入學試失準了，沒能考入她心儀的中大，只進了她的第三選擇嶺南學院。

她聽說嶺南學院的中文系也是挺不錯的，也許會遇上用心教學的老師和專心向學的同學。然而，開學第一天，甫踏進升降機，她就後悔了。

「中文系？」升降機中有三個和她年紀相若的男生，其中一個臉長得像斑馬且滿臉痘痘的男生問。

「軍爺真是高『膽』遠矚，她一進來你就知道是中文系學生。」他身旁的男生說。

「軍爺你第一天上課就『明張目膽』追求女孩子，真服了你！」另一個男生說。

「這是當然的，我是中文系第一才子，《昭明文選》我全本讀過，裏面收錄李白的詩，我全部曉背。才女同學，我們郎才女貌啊！」那個叫軍爺的男生說。

「《昭明文選》是收錄先秦至南朝的作品的，李白是唐代人，那時還未出生，《昭明文選》中又怎會有李白的作品？如此才子！如果我是你，我會自殺。」永嘉冷若冰霜、木無表情地說，她已經按捺自己不表現鄙夷不屑的情緒。

此際，電梯門開了，永嘉頭也不回的步出電梯。

開學第一天，人生路不熟，單是找上聲韻學課的課室她已找了五分鐘。

幸好修這門課的人不多，課室裏還有不少空座位。

軍爺和剛才那兩個男生就坐在第一行，永嘉越過他們，想坐到第二行的座位，但軍爺一個箭步搶在她前面，用背囊和運動鞋、筆盒等佔據了幾個座位，另外兩個男生也有樣學樣，用隨身物品把第二、第三行原本沒人的座位也霸佔了。

課室中其他人也低下頭裝作沒看到，誰也不想蹚這淌渾水。

永嘉呆呆的站在那裏，一籌莫展。

這時，坐在第三行的一個男生把軍爺放在旁邊的背囊和運動鞋拿起，隨手丟到地上，對永嘉說：「這裏有位置。」

永嘉說句謝謝，走近座位時，赫然發現說這話的人竟然是鍾大光！

不是聽同學説過他考進了浸會的嗎？怎的會在嶺南碰到他？

永嘉坐下，指指自己的鼻尖，想説：「我是永嘉之亂！」她害怕大光已忘記了有這麼一個同學。然而，講師進來了，她吞回那句話。

＊　＊　＊

軍爺和他的幾個兄弟——阿炳、文仔、青山也不是壞人，只是愛搗蛋，中文根柢有點差，永嘉提醒自己不要和他們走得太近，有意無意地和他們保持距離。

班裏只有五個女生，都是打扮、拍拖、做兼職先行，課業其次，除了上課和午飯時，永嘉也不會和他們走在一起。

至於大光，升上大學，他的談戀愛「事業」更是肆無忌憚，發揚光大了。由中學升上大學，修為更是精進，簡直有了「博士後」的鑽研與專精。這時候，校內校外、系內系外、班內班外，他已有了精選的「十愛」，「十愛」以外的候補更是數之不盡，永嘉徒有「連隊尾也看不到」的感歎！

大學一年級的同學好像玩爭座位遊戲一樣，每個人都恍似要在第一年便找到男、女朋友，人有我有、永不落空就是最好！

永嘉不想濫挑一個座位，她堅持中學生不可談戀愛，但升上大學，該可以了吧？只要不濫交就行。但系內的男生她一個也看不上眼，她選的課多，功課忙得不容許她認識太多同學。

然而，機會總是會來的，第二學期她選修了一門翻譯課，其中有不少英文系的學生，一個男生從第一課就霸佔了她旁邊的座位，向她展開猛烈追求，他叫向小天。

小天每天跟進跟出，甚至翹課來陪永嘉，軍爺和大光常戲弄他，藏起他的外套、背囊，又要他請吃東西，他都逆來順受。

經過兩個月的考驗，永嘉接受了他，她覺得小天比軍爺他們好學，而且沒有他們的粗鄙，和他一起不是因為別無選擇，永嘉是希望認真對待這段感情的。

可是認真從來都是雙向的，在一起三個月之後，小天開始對永嘉若即若離，連電話也再沒有打給她。

永嘉一直相信他說功課忙、要預備考試等藉口，但有一回她患了重感冒，打給小天，只說了「小天嗎」三個字，小天便滔滔不絕的說她生日為她安排了什麼節目，要和她怎樣好好慶祝。

「生日？我們剛開始交往那星期就是我的生日，距離下一個還有很久哩。」永嘉說。

聽清楚了永嘉的聲音，小天支支吾吾地說：「是你！啊！我……我……我……我要寫論文了，一會……不……明天……過兩天再打電話給你吧！」

幾天之後，從軍爺他們口中，知道小天正力追英文系的系花，系花剛和男友分手了，小天成功乘虛而入。

軍爺還說，在和永嘉交往之前、之間、之後，小天仍是一直鍥而不捨的追求系花的，只是永嘉少有參與學生會的活動，又少和同學交往才不知道，其他同學都是知道的。

他還作了一個殘忍的比喻：「那是一間火紅的高尚食肆，就算訂了位也要等上一年半載才排得上。有些人索性到食肆門外碰碰運氣，希望好運可以有候補的位置。候補的人也太多，排在長長的人龍中，剛巧看到食肆門外供食客坐着等的位置有空位，就一屁股坐了上去，坐着等總比站着等好！」

軍爺這個比喻很爛，但永嘉是會意的，原來，自己只是讓小天坐着等位的凳子，凳子還未坐暖，他僥倖得到候補轉正選的位置，於是，那張暫坐一會的凳子被棄如敝屣了。

聽了軍爺的話，永嘉想哭，但哭不出來。二月的天氣乍暖還寒，永嘉一個人走在司徒拔道的斜路上，經過軍人墳場，她感到刺骨的寒氣從四面襲來，她揪緊頸巾，抹了抹鼻子，淚水就簌簌地流下來了。

這時，她聽到後面有腳步聲，有人從斜路上奔跑下來，跟她亦步亦趨。那人愈走愈近，她聽到他的喘氣聲和感受到他呼噓的鼻息。

那是小天嗎？是自己誤會了他？誤信謠言錯怪了他？還是他看到自己孤單落寞的身影，動了憐憫之心，覺悟到始終放不下她？

如果他懇求自己原諒，該可以冰釋前嫌吧？

永嘉轉過身去，低聲叫了聲「小天……」，然而，她卻看到身後的是大光。

永嘉慌忙別過臉去，但大光仍看到了她面上迸流的淚線。

「我陪你走這段路好嗎？」大光說。

看到不是小天，永嘉有十分的失望，但心情落寞的她知道大光是一番好意的，現在，只剩他一個會關心自己了。

由學校走下山的路似乎延綿無盡，大光只默默地陪永嘉走着。

走到了山腳，永嘉想去乘巴士，大光卻拉着她走路到灣仔。

「我請你吃蛋撻。」大光把永嘉拉到軒尼詩道的檀島冰室，那裏的蛋撻最有名。

大光買了半打蛋撻，打開盒子拿了一個遞給永嘉。

永嘉一向吃蛋撻也是用鐵勺舀來吃的，她怕酥皮弄得一嘴一臉都是。

她有點猶豫，沒伸手去接，大光把手伸回，把蛋撻一口吃下去，弄得一臉都是酥皮的碎屑。永嘉看到他的髒模樣，忍不住笑了起來。

大光看到永嘉在笑，想說什麼，卻被蛋撻的酥皮嗆着了，咳得死去活來。

看到這樣的大光，永嘉更是開懷地笑了，大光也和她一起大笑起來。

「蛋撻一定要這樣吃的，大口大口咬下去，甚至張大口一口一個，這才夠豪邁，吃到滿面都是酥皮碎屑才好玩！永嘉之亂，你這人太拘謹了，連吃蛋撻也這麼顧全形象，你以為每時每刻也有人偷看你、偷拍你嗎？想吃就大吃，想笑就大笑，想哭就大哭，這樣才夠意思啊！《聖經》有說不許大吃、大笑、大哭嗎？」大光少有的一本正經。

永嘉吸了吸鼻子，她想大哭，卻大笑了起來，她拿起一個蛋撻，一口咬下去，蛋漿迸發，把身上的T恤也弄髒了，酥皮碎屑更是滿臉都是，還有小半蛋撻由她的指間掉到地上去，碎了。

「你是第一次吃蛋撻嗎？你怎麼吃得這麼髒呀！你這樣的髒貓子以後就別再扮淑女了，笑死人，也氣死人！」大光笑着說。

此後，每天下課永嘉也拉着大光陪她吃蛋撻，她也跟大光和軍爺他們熟絡起來，常常一起去玩，在不知不覺中，永嘉放下了矜持和高傲。

5

永嘉、大光和軍爺他們都是窮學生，中文系的大堆頭參考書多的是，什麼《昭明文選》、《全唐詩》、《說文解字》等等，在香港買的繁體字版動輒數百元一套，因此他們都是跑到深圳買的。

當時香港剛興起二樓簡體字書書店，軍爺想到反正他們常到深圳買書，總是用小手推車一車一車的推回香港，有時也賣一點給老師、同學賺點外快，如果多跑幾趟，就可以多賺錢。

大光想到肥水不流別人田，如果自己開書店，幾個年輕力壯的大男孩一星期跑兩轉去拿書，收入頗可觀。

地舖的租金他們當然負擔不起，但在旺角的舊唐樓二、三樓租一間六、七百呎的單位，他們該可以負擔得來的。

一個月的租金七、八千，創業資金十萬，他們找來幾個同學，每人向家人借一、兩萬就可以開業了。

於是軍爺、大光、阿炳、文仔、青山一共五人，每人夾二萬元，一共湊成十萬元資本，就興高采烈地開店了。

他們也有找永嘉入股，但永嘉認為自己一介女流，沒有力氣搬書，而且她也沒有家人可借資金，於是，她只答應借給軍爺和大光每人二千元，幫助他們創業。

三年過去得快，轉眼他們都畢業了。中文系的畢業生大多去當中學教師，薪高糧準嘛！大光和永嘉卻很抗拒當教師，永嘉跑了去當保險推銷員，她認為銷售保險可以是關心他人需要的事業，還有機會傳福音。大光則被其他四個股東一致推舉去當書店店長。

書店就在旺角洗衣街的一幢唐樓三樓，店名「五車書屋」，那是一位德高望重的教授為他們改的，取其學富五車之意。

可是，他們五個股東其實沒有一個是學富五車的，對中文系的用書、版本更是不熟悉，永嘉許多時候會當他們的顧問，為他們選書。

因為他們負擔不起請兩個店員，除了大光是全職員工之外，因為永嘉當保險推銷員，沒約客人時，就會成為兼職員工，讓大光可以放假。

作為回報，他們沒給永嘉薪金。

書店位處的舊唐樓只有三層高，唐樓的天台有一間一百呎的小石屋，也歸與三樓租戶使用，那裏本來作貨倉之用，但他們貨不多，就當不收租金讓永嘉住在那裏。

永嘉的父母都不在了，姊姊都結了婚，唸大學時可以住宿舍還好，大學一畢業，她頓時流離失所。

剛畢業，仍要還政府貸款，保險銷售員的底薪低得驚人，她實在負擔不起在外面租房子。

舊唐樓三層高，除地舖以外，一樓是印刷廠，二樓丟空了，日間書店營業、有人上班時還算人聲鼎盛，但一到晚上，書店關門，印刷廠下班，全幢樓只有永嘉一個人！不是全層樓，而是整棟樓只有她一個人！

永嘉不算怕黑，但有時也感到全幢樓靜得發慌，大光有時會故意執拾書籍留晚一點陪她。

感恩圖報，永嘉沒約客人、公司不用開會時，她的時間全部花在書店裏。

滿書架的簡體字書，都是文史哲的參考書，古代的、現代的、當代的，永嘉一有時間就執拾書架、點書、定書，晚上下班就坐在書店的藤椅上啃書。

永嘉千方百計找時間往書店鑽，大光卻一心往外跑。

為了讓大光早點往外跑，永嘉五時下班就馬上跑到五車，有時她站在收銀機旁幫大光埋數時，大光就急着要走，永嘉會大叫：「今天……次愛？」

「是三愛！」大光豎起三隻手指。大光的一至十愛不斷換人，他由大學一年級到畢業後仍保持這「優良傳統」。

「一至十愛，利益均霑。」他如此說，於是，幾乎每晚他都會約會不同女生。

永嘉拆開一個個紙箱，將從深圳買回來的書上架時，大光又刷亮皮鞋趕緊出去。

「十愛？」永嘉問。

「對！」大光舉起兩隻手掌，讓永嘉看到他的十隻手指。

永嘉整理暢銷書榜，把影印的封面貼上書榜上時，大光趕緊拿着包好的禮物出門。

「四愛？你很久沒約四愛了。」永嘉說。

「明晚才約四愛，今晚是六愛！」

大光很少清潔書店裏的傢俱，當永嘉在抹藤椅時，發現大光這天穿了紫色的新恤衫。

「噢！今晚約最愛？」永嘉大嚷。

「對，心情緊張，忐忐忑忑，戰戰兢兢，如臨深淵，如履薄冰……」大光感情豐富地唸。

「那麼，要盡興啊！明天不回來上班也行。明天是星期六我放假，我做替工，你玩個通宵也沒關係。」永嘉說。

「真夠朋友，永嘉之亂！明天星期六客人多，祝永嘉之亂臨危不亂，處變不驚！」大光嬉皮笑臉。

「快去吧！約最愛不能遲到啊！」永嘉趕他走。

* * *

不知道該說永嘉是交上了好運還是噩運，有兩天她跟姐姐一家人去了深圳玩，剛巧書店給爆竊了。說她好運，夜裏書店的整棟樓通常只有她一人，如果遇上劫匪，後果就不堪設想了。

說她交上噩運，是因為五車的股東馬上召開緊急會議，會議要表決的，竟是還該不該讓永嘉住在天台小屋。

「永嘉一個女孩子住在這裏，萬一下一次再有人爆竊，賊人垂涎她的美色……雖然她沒什麼美色……可是，我們怎麼承擔得起呀！劫財劫色，聖女被玷污了，要讓我們其中一個勉為其難『啃』了她怎辦？」軍爺一貫的尖酸刻薄。

「她住在這裏，一不可以當看更，二沒有神功護體可以抗賊，留她住在這裏有百害而無一利。」青山說。

「你叫她搬去哪裏？她負擔不起外面的昂貴租金啊！而且她有為我們工作當租金的，趕她走對她不公平！」大光為永嘉仗義執言。

「書店開始有點盈利了，我們可以多請一個兼職員工，不要讓永嘉住在這裏了，也不用她在這裏當兼職。」阿炳說得決絕。

「永嘉之亂又不是你的一至十愛，你為什麼那麼維護她？你讓她繼續住在這裏，其實並不是對她好啊！有什麼事發生，你就是害了她！」文仔道。

聽了這話，大光無言以對。

永嘉是鐵定要遷出五車的天台了，大光和軍爺決定為永嘉辦一次生日會，兼且讓這生日會為永嘉住在五車天台的最後日子留個紀念。

* * *

永嘉收到大光的生日禮物，那是一堆廢紙。說是廢紙，因為大光用舊報紙充當包禮物的花紙。

報紙的包裹是一層一層的。永嘉打開了第十層報紙，裏面有一張紙，寫着：「收銀櫃」。

噢，他在跟她玩尋寶遊戲。

永嘉跑到收銀櫃旁，在收銀櫃下的抽屜中，發現了一條鋪在浴室外用的新地巾，上面印有永嘉最愛的多啦A夢公仔。地巾旁還有一張紙，寫着：藤椅。

永嘉在藤椅下發現一雙毛毛拖鞋，上面印有永嘉的次愛龍貓公仔。毛毛拖鞋裏有一張紙寫着：「全唐詩」。

永嘉在《全唐詩》的最後一冊下面，發現了一個鑰匙扣，上面印有永嘉的三愛——加菲貓公仔。匙扣旁有一張紙寫着：「新貨紙箱。」

永嘉在新貨的紙箱中發現一套新的碗筷，上面印有永嘉的四愛——小黑貓公仔圖案。碗筷旁有一張紙，寫着：天台石屋門後。

永嘉跑上五車的天台，推開石屋的門，發現後面有幾個大型紅白藍膠袋，膠袋上印了她的五愛——鬆弛熊公仔。

大光想得真周到，這些都是永嘉搬屋和搬到新家要用的物品，永嘉擁着那幾個紅白藍膠袋哭了起來。

*　　*　　*

永嘉找了好幾家地產公司，又到處央朋友尋問，也找不到合適的房子。香港的租金太貴了，連劏房她都租不起，她又委實不想租板間房，看來，只剩下找人合租一個單位之途了。

可是，可以找誰合租呢？唯有回保險公司找同事問問吧！

五車股東要她遷出的限期近了，雖然未找到地方，永嘉也要趁星期日不用上班，開始收拾行李了。

她拿出大光送給她的鬆弛熊紅白藍袋，竟發現裏面還有一張紙和兩條鑰匙。

紙上面寫着一個地址：甘芳街二百號甘霖大廈二樓A室。

那……那是……永嘉立即披上外衣，連跑帶跳到五條街之外的甘芳街，再跑上二樓，找到A室，便拿出鑰匙，果然，這兩條是開這單位的鐵閘和大門的鑰匙。

打開門，她看到穿上舊T恤、頭上戴上用報紙摺成的帽子的大光和軍爺，他們正努力地鬆牆壁。

大光看到永嘉，大嚷：「禮物三天前已送給你了，怎麼你今天才來？我們兩天前已開始執拾這裏，昨天開始鬆油了，以為你會來幫手的。永嘉之亂，你不是這麼笨，今天才發現紅白藍裏面那張紙吧？你的頭腦真比永嘉之亂還要混亂呀！」

軍爺看到永嘉，馬上除下自己頭上的報紙帽，強行為她戴上，說：「該輪到你了，我鬆得太疲累了。大光堅持要鬆你喜歡的黃色，你自己也努力一下吧！」

永嘉拿起油鬆，問：「這……這是怎麼回事？」

「這是軍爺舅父的單位，舅父搬到豪宅去了，這單位丟空，平租給我們！」

「可是，……整個單位多平租我也租不起啊！」永嘉說。

「我們是三個人合租的，我和軍爺也是家中唯一男丁，家裏姊妹三、四人，一屋女人，煩得不得了，而且我住的地方離書店遠，軍爺住的地方離學校遠，我們都想搬出來很久的了。」大光說。

「你別以為我們是為了你才搬出來呀！永嘉之亂，百呎大房是我和大光的，六十呎的小房才是你的，以後的家務都是由你負責啦！」軍爺指着廳旁的兩個房間說。

＊　＊　＊

永嘉開始了和大光、軍爺三人同住的日子。她實在感激軍爺，這人說話尖酸刻薄，但每一個同學的生日他都記得，每一個同學的生日會都是他搞的，如某位教授所言，他其實是一個很厚道且能體貼別人的人。

一個星期他只有三晚會住在這裏，其餘時間他會回家。他是一個戀家的人，永嘉知道，因為他住在這裏他的舅父才會廉租給他們，所以他才仗義搬來一起住的。

一起住之後，永嘉才見識到大光的亂，實在是比永嘉之亂、八王之亂、五胡亂華都要亂。

他們的房間不用說了，雜物亂到放出了大廳也不用說了，他每天換出來的衣服，連放到洗衣機裏也懶，就擱在浴缸旁邊、浴缸裏邊。

永嘉每天都努力搶在他洗澡前去洗，萬一晚了回來，被大光搶先了，她得為他收拾浴缸內外的衣物甚至內衣褲，把髒衣服丟進洗衣機，又洗刷浴缸刷出一層層黑色污漬，才可放心洗澡。

大光最討厭洗衣，雖然那只是把衣服放進洗衣機，再放洗衣粉然後按掣，但一起住了多月，從不見他洗衣服，更不用說要花更多時間的晾衣服了。

有好幾回，大光的衣物甚至堆滿了浴缸，永嘉賭氣不幫他洗，寧願在旁邊淋浴不使用浴缸。

然而，幾天之後，浴缸裏的衣物全不見了，已經晾到平台的竹竿上。

大光煞有介事地嚷：「是誰做的？一定是有小仙女憐憫我幫我做的。我還想有仙女為我煮美味的晚餐，我要誠心許願，說不定今晚就能實現了。」

永嘉實在想不通，自己這次是鐵定不肯幫他洗晾衣服的了，難道是軍爺？軍爺平素都是拿衣服回家裏洗的，是不是他看不過眼大光這樣髒勉為其難出手？他一星期才留在這裏三天，要分擔三分一租金，還得分擔家務，還得為大光洗衣服？

永嘉在若干年後也沒能知道當天那小仙女是誰，這和大光晚上洗頭沒乾翌日便變了一頭鬈髮一樣，成了千古懸案。

大光雖然髒髒亂亂，卻常有許多有趣的點子，他買了一個懷舊的綠色小郵筒，對軍爺和永嘉說：

「我們三人同住，雖然各有各忙，但也要一本同居之誼，分擔分享生活愉快和不愉快的事。我們把心事寫下來，摺成一小方塊放進郵筒中，隔一兩天我們誰有空誰就打開來看，不可推搪說太忙啊！」

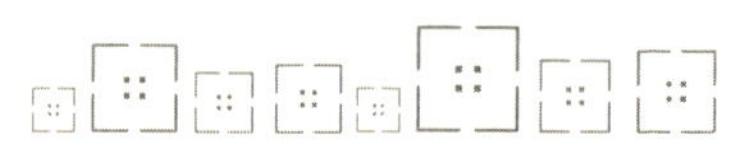

寫信最勤的是永嘉，回信最勤的是大光。永嘉總將生活上的不快事找大光分擔，大光最愛用徐志摩的詩句安慰永嘉。大光也會有不開心的時候，他也有被他十愛的其中一愛背棄的時候，永嘉會以納蘭容若的詞開解他，然後大光會強作瀟灑的吟咏兩句徐志摩的名言：

「愛情，得之，我幸；失之，我命。」

永嘉回應：「那麼，你也像貓一樣，有九條命，你大可放心。」

＊　＊　＊

從前一個人住在五車的天台時，寂寞、行雷閃電、鬼怪魅影、鼠竊狗偷等也不能嚇倒永嘉，最令她驚懼的倒是深宵做的噩夢。

永嘉相信，清醒時的自己可以有理智、能力和勇氣戰勝恐懼，可是當半夢半醒時防範鬆懈、理性降低，就容易被噩夢吞噬。

年幼喪父、母親臨終、遭逢巨變等情節在噩夢中輪番出現，甚至重疊夾擊，令永嘉無反抗之力。

噩夢中，她會不斷大叫，努力郁動身體，去弄醒自己，逃出噩夢。好不容易醒來，她努力睜開睡眼，抖擻精神，令自己不會馬上被睡魔擄掠，再陷入噩夢之中，萬劫不復。

搬了新居，有大光和軍爺作室友，她最慶幸的是做噩夢時也知道有人在隔壁房間，她不至於孤立無援。

某一個晚上，噩夢中回到母親臥病在牀，家裏來了一大羣人霸佔她的家的情節，還有惡人惡鬼在追殺她。

她拚命跑，卻跑不動，有千萬條有刺的籐捆縛着她的雙腳，令她動彈不得。

漸漸，她知道那是噩夢，她拚命動，聲嘶力竭地要叫醒自己。

叫得歇斯底里時，她聽到大力叩門聲，然後聽到大光大叫：

「永嘉，什麼事？發生了什麼事？」

永嘉想回應，卻是叫不出聲，然後，又聽到大光叫嚷：「我要進來了。」

大光扭開了門跑進來，看到永嘉滿頭大汗的在掙扎、喊叫，連忙搖醒她。

永嘉漸漸醒來，努力睜開雙眼，看到眼前的大光，才稍微平靜了下來。

「你剛才在做噩夢？」大光問。

永嘉微微點頭。

「做到永嘉之亂的夢？歷史大屠殺？」

雖然剛從噩夢醒來，永嘉仍對大光的無聊話感到無奈。

「剛才你叫得山崩地裂的，我以為有大盜色魔闖了進來。原來是做噩夢，醒來了就好了，我回去睡了。」

「不，不，你留下來陪我談一會，我害怕很快又會睡去，再做那噩夢！」永嘉坐了起來，懇求。

大光搬來電腦椅，坐下說：「好吧！只給你十分鐘，我也很累了。談什麼？」

「說你的無聊話吧！談你的十愛也行。」

「好的，我們來說噩夢，看看誰的最恐怖！」大光興致勃勃。

「我才剛從噩夢中醒來，你卻要大談噩夢，這不是再讓我陷於驚嚇之中嗎？」永嘉不滿。

「不會呀！我們說出最最恐怖的噩夢，相較之下，你剛才做的噩夢就會顯得微不足道，不足為懼了。」

「我才不會理會你的壞點子！」永嘉賭氣。

「嗯！我有好點子了，來！」

大光邊笑邊拉永嘉起來，說：「我們把軍爺也吵醒了，三人來一次『豪情夜話』！」

永嘉和大光闖進軍爺的房間，把睡眼惺忪的軍爺拉到平台。在暮春的微寒中，大光和軍爺喝着啤酒，永嘉喝着可樂，開始了他們的第一回「豪情夜話」。

「要談什麼快談吧！我要回去睡了。」軍爺努力裝出不滿。

「第一話，我們談談什麼是朋友，大家來說一個驚天動地、孝感動天的友情故事。」大光提議。

「不是孝感動天……是……是……友感動天！」永嘉說。

「什麼感動天也好！我好歹也是唸中文系的，在五車看店時讀的書真可說是學富五車，我先來說一個左伯桃和羊角哀的故事……」大光認真兮兮的。

春秋時，有一個讀書人叫左伯桃，聽説楚元王招納賢士，徑奔楚國而來。走到雍州時，天已隆冬，雨雪交加。左伯桃見遠處有一間草屋，於是輕輕的敲屋門。裏面的人應聲而出，那人請伯桃進到屋內。伯桃入內一看，屋裏只有一張牀。牀上堆積一些書本，除此之外再無長物。那人準備酒飯，款待伯桃，十分殷勤。伯桃請問姓名，那人道：「我姓羊，雙名角哀，自幼父母雙亡，獨自在此居住，平時酷愛讀書。」當夜兩人抵足而眠，共同探討胸中的學問，直達天明，兩人結為異姓兄弟。伯桃比角哀大五歲，因此角哀稱伯桃為兄長。

翌日雨停道乾，二人一同向南方走去。走了不到兩天，又遇上連陰雨，夜晚住在古墓中。衣服單薄，寒風刺骨。伯桃凍得受不了，說：「我想此去一百多里，荒無人煙，糧食接濟不上，缺衣少食。若一人獨去，可以到達楚國；二人都去，就是不被凍死，也必定餓死在中途。我把身上衣服脱給賢弟穿了，賢弟帶着乾糧，掙扎着快走，我確實走不動了，寧願死在這裏。等賢弟見了楚王，必將受到重用，那時再來埋葬我也不晚。」角哀說：「哪有這種道理？我們二人雖然不是親兄弟，但義氣不亞於親骨肉，我怎麼可以獨自去求取功名呢？」

二人走了不到十里，正好路邊有一棵枯桑，還可遮擋風雪。那棵桑下只容得了一人，角哀於是扶伯桃前去坐下。伯桃讓角哀敲石取火，燒些枯枝抵禦寒氣。等角哀找回柴火，只見伯桃脱了所有的外衣放在一邊。角哀大吃一驚：「兄長你幹什麼？」伯桃説：「我想不出什麼辦法，賢弟別耽誤了。趕緊穿上這衣服，背上乾糧快走，我甘願死在這裏。」角哀上前抱住伯桃放聲大哭，説：「我們二人同生共死，怎麼能分離呢？」伯桃説：「如果都餓死了，誰來埋葬呢？」説完，就想跳入前面的山溪尋死。角哀一把抱住放聲痛哭，用衣服擁住伯桃，再扶到桑樹下。伯桃把衣服推開，只見他神色已變，四肢僵硬，口不能言，勉強擺手示意角哀快走。角哀再次用衣服擁護，而伯桃已經奄奄一息，眼看不行了。

角哀心想：「再過一會，我也凍死了，死了誰來埋葬兄長？」於是在雪中哭拜道：「不肖弟此去，還望兄長冥中相助，稍得微名，必來厚葬。」角哀忍着寒冷，半飢半飽，來到楚國，在城外休息了一天。第二天進城，正遇上上大夫裴仲。裴仲引他見楚元王，角哀獻了十條計策，楚元王十分高興，封角哀為中大夫。角哀拜謝，痛哭流涕，把伯桃脱衣讓糧之事一一説明。元王於是追贈已死的伯桃中大夫之職，並厚贈喪葬費，派人跟隨角哀車馬同去。

角哀告別了元王，直奔梁山地界，只見伯桃屍身尚在，便為之建起了高大的墳墓。

夜裏，角哀面對燭火獨坐，回首往事，心中感傷不已。忽然一陣陰風颯颯，角哀一看，燈影處有一個人，原來是伯桃。角哀大吃一驚，問道：「兄長靈位不遠，來見為弟，必有要事。」伯桃說：「蒙賢弟為我建墳，只是墳地離荊軻墓不遠。他的神靈極其威猛，每夜都持劍來罵我說：『你是凍餓而死的人，怎麼敢把墳建在我的上風，奪我的風水？要不遷移到別處，我就掘墓取屍，把你扔到野外！』因此我特來告訴賢弟，望把我改葬他處，以免惹禍。」角哀還想再問，一陣風起，忽然不見了伯桃。

角哀在堂中一夢驚醒，領着隨從直奔荊軻墓，指着荊軻神像大罵，罵完，又來到伯桃墓前禱告說：「如果荊軻今晚還來，請兄長告訴我。」

回到祠堂，當晚果然看見伯桃哽咽而來，說：「感謝賢弟費心，怎奈荊軻隨從極多，賢弟可多紮草人，手持兵器，在墓前燒化。我得到它們幫助，可使荊軻不能侵害。」說完就不見了。

角哀連夜讓人按伯桃所言紮了幾十個草人，在墓前燒化，並禱告說：「如果平安，請告訴我。」回到祠堂，當夜只聽風雨之聲大作，就像兩軍交戰一般。角哀出外一看，只見伯桃奔跑而來，說：「賢弟所焚之人，沒有大用。荊軻又有高漸離相幫，望賢弟盡快把我移到別處安葬，免召禍患。」

角哀說：「這人竟敢如此欺凌兄長，小弟將盡全力與他對戰！」伯桃說：「賢弟是人，我們都是鬼；人鬼殊途，怎麼對戰？」角哀說：「兄長先回去，明天小弟自有辦法。」

第二天，角哀再到荊軻廟中大罵，打碎了神像。剛取來火種，想要燒廟，只見鄉間幾個老人再三哀求說：「這是全村的神廟，要是觸犯了，恐怕要給百姓帶來災禍。」他來到伯桃墓前大哭一場，對隨從說：「我兄長被荊軻強魂所逼，無處安身，我忍不下去。想要燒廟掘墳，又怕違背了村民的意願。我寧可死在九泉下做鬼，也要幫助兄長戰勝這個強魂。你們把我的屍體葬在這座墳的右側，生死與共，以報答兄長讓糧的義氣。」說完，拔出佩劍，自刎而死。

這天深夜，風雨大作，雷電交加，喊殺聲傳出幾十里。天亮一看，荊軻墓上震裂得像大火燒過一樣，白骨散了一地，墓邊松柏連根拔起。荊軻廟突然起火，燒得片瓦不存。

「這個故事很應景呀！好朋友會入夢相助，就像我們為永嘉之亂力抗噩夢一樣。我的中文根柢雖然不好，但久不久從五車偷些書回家看，也學問大進了，我來說一個範巨卿的故事……」軍爺舌粲蓮花。

東漢的範式，字巨卿，是山陽郡金鄉縣人，他和汝南郡的張劭交了朋友。張劭，字元伯，兩人曾一起在京城裏的太學學習。後來範式請假回家時，對張劭說：「兩年後我回來，一定來拜訪你的雙親，看看你的孩子。」兩人就共同約定了日期。

後來，約定的日期就要到了，張劭就把這事全告訴了母親，請她準備飯菜來迎接範式。他的母親說：「兩年的離別，相隔千里的諾言，你怎麼會相信得這樣認真呢？」張劭說：「巨卿是個重信用的人，一定不會違背的。」到了約定的日期，範式果然來了，他登堂拜見了張劭的父母，極盡了歡樂後才和張劭告別。

後來張劭臥病不起，臨死時，歎息道：「遺憾的是還沒能見一下我那生死與共的朋友。」

當晚範式忽然夢見張劭穿着黑祭服叫道：「巨卿，我在某日死了，該在某日下葬，永遠回到地下去了，您如果沒有忘記我，是否能再見我一面？」範式清醒過來，禁不住哭泣起來，於是他穿上了喪服，按照張劭的安葬日期，策馬前去奔喪，可是他還沒有趕到而靈車已經啟行了。

靈車到了墓穴前面，馬上要把棺材下葬到墓穴中去了，而棺材卻不肯往前。張劭的母親撫摸着棺材說：「元伯，你是否還有什麼指望呢？」於是就令棺材停下。過了一會兒，看見白車白馬，有人痛哭着奔來。張劭的母親望着那車馬說：「這一定是範巨卿了。」一會兒範式就到了，他磕頭弔唁，說道：「走吧元伯，死者和生者走不同的路，從此我們永遠分別了。」參加葬禮的上千人，都為他們的別離而掉淚。範式便握着牽引棺材的繩索向前拉，棺材這才向前移動了。範式就留在墳邊，給張劭壘了墳，種了樹，然後才離去。

6

往事如煙，永嘉記得自己當時說的是管仲和鮑叔牙的故事，她也記得軍爺說的範巨卿和張元伯的故事，當時令她感動至深。

張元伯的棺木不等到範巨卿來，仵工怎樣也移不動。範巨卿趕來了，撫棺說了句：「行矣，元伯，死生異路，永從此辭。」之後，棺木就抬得動了。生死之交，就是這意思。

接到軍爺說大光病重的電話之後，永嘉曾憂慮，從溫哥華趕回香港，會不會趕不及見大光？難道要撫棺而歎：「行矣，大光」？

不會的，不會的，永嘉堅信，雖然自己移民溫哥華後，與大光多年不見，但她知道他們之間還有一種無形的聯繫，如果大光已離去，自己一定知道的。

當她聽軍爺說換肝可為大光帶來一絲希望，她記起自己和大光的血型同是B+，自己的肝功能正常，沒有肝炎也沒有脂肪肝，也不愛喝酒，該有機會捐半個肝給他的。

回港的機上，在她腦海中重複出現的是「肝膽相照」四個字。

7

荊軻和高漸離在後面追趕，手持的是流星錘等武器，青面獠牙的他們不斷叫囂，永嘉和大光不斷逃跑。

鏡頭一轉，永嘉騎馬追到送喪的隊伍，她策馬到前面攔截棺木，打開棺木一看，躺在裏面的赫然是大光，陡地又變成一堆骨頭，然後又變成了永嘉自己。

那是很長很長、延綿不斷的夢，之前是人生中一幕幕的回憶，永嘉聽說過，人死之前腦海中會有生前的人生片段，像電影般高速播放。

那是不祥之兆啊！莫非，自己已到了生死邊緣？

然後，是荊軻、高漸離的夢，是棺木中有自己的夢，是惡鬼要捉自己？是自己要離開塵世了嗎？

不，不，自己還有許多未了之願，何況，連大光接受了自己的肝後情況如何也不知道，他的生死未卜，永嘉不甘心！

她拚命叫嚷，從前做噩夢時她會大叫，現在噩夢惡十倍，她的叫聲也響亮十倍。

「永嘉之亂，醒來呀！你一定要醒來呀！」

是大光，大光的聲音，他……是叫自己下去陪他？不，不是呀，他是叫自己醒來！

之後，有一雙手在搖晃她。醒來！她叫自己，她拚命挪動身體，掙扎着。

「永嘉之亂……快醒來……」又是大光的叫聲。

永嘉用盡全身的氣力吸了一口大氣，全身抽搐了兩下，然後睜開了眼睛。

「太好了，你醒了！」大光叫。

「都說她命不該絕！只是發燒和有點感染吧！」那是軍爺的聲音。

「永嘉之亂，你昏迷了幾天，還好你醒來了。」大光說。

「你又從噩夢中救了我。」永嘉渾身無力，聲線微弱。

「是你救了我，是你把你的肝給了我。」大光的聲音裏充滿着感激。

「你們兩個，誰是乙肝？」軍爺冒出這句奇怪的話。

「什麼我們兩個？是你是乙肝帶菌者，才不能成為捐肝人士，不能救我！」

「我是說，永嘉之亂給了你她的部分肝臟，肝字是由月和干組成的，所以我問你們誰是月？誰是干？」

大光聽到笑了起來，永嘉勉力用微弱的聲線糾正：「軍爺你當了二十年中文科教師，中文還是那麼差，肝字的部首是肉，不是月。」

「哈哈，那麼你們誰是肉？誰是干？你們二人我都愛，我最愛吃肉乾！」軍爺說。

永嘉和大光聽了軍爺的話，同時笑了起來，又同時掩着肝臟的部位叫痛。

「你們就都別笑了，難得永嘉從溫哥華回來了，我們何時再『豪情夜話』？」軍爺問。

「我和永嘉幾個月內都不能喝啤酒……」大光說。

「那我們三人一起喝可樂來豪情夜話也是一樣的。對了，除了豪情夜話，我和大光在你未醒來時，談了一件重要的正經事，是一個大計！」軍爺說得煞有介事。

「你還有正經事？還有大計？」永嘉揶揄。

「我和軍爺說起，五車書屋關門已有十多年了，現在我們三個都剩了一點錢可以再開一間書店！」大光說。

「再開一間書店？可是你們還可以找到五個股東，再開一間五車嗎？」永嘉問。

「今次就我們三個，我們三個合資開一間。」大光說。

「不是五車書屋了，還有意思嗎？」永嘉感喟。

「這間書店更有意思，因為是我們這三個最好的朋友——生死之交開的，名字我也想好了……」軍爺滔滔不絕。

「名字也想好了？叫什麼？」永嘉問。

「叫轟書屋。」軍爺收起了嬉皮笑臉，正色道。

「轟書屋？」永嘉和大光同時嚷。

「轟……」二人想通了其中意義，笑得彎了腰，又再掩着傷口叫疼。

「轟書屋……」三人同時唸起來，三視而笑，莫逆於心。

我的書房

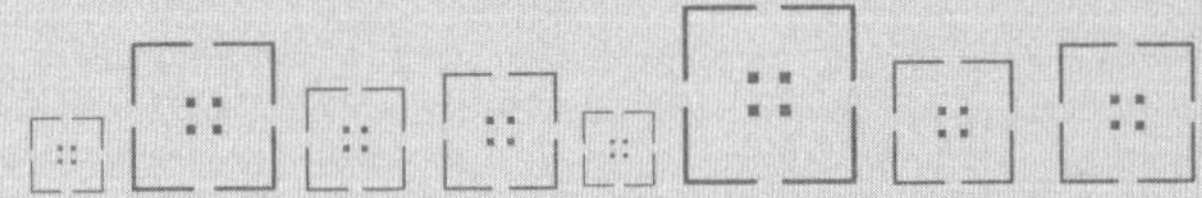

1

我代表出版社出席「香港金閱獎」的頒獎禮，我們的出版社並沒有得獎，出席是表示支持而已，誰知竟在這裏遇上故人。

誰說其他出版社的出版人、編輯、作家都不是舊識？但說得上故人的，該是老朋友，甚至，我比較嚴格點，是相識十年以上的舊識。

只見脖子上掛上市值近萬元的專業相機的阿邦，像個專業攝影師的穿插於人羣之中，「看到這邊來！」「半邊面！」「笑！」「獎杯拿高點！」「手上的花束遮擋了獎狀哩！」

看到他在扮專業攝影師，緊張兮兮的叫叫嚷嚷，我故意不叫他，卻掩不住好奇……出版社的排版員、小提琴教師、攝影師……他還要有多少重身分？

該是僱用他的出版社派他來拍攝得獎作者的吧！好奇心驅使我看看他在拍誰，最受讀者歡迎金獎第一名——《吃得多更瘦更健康》的作者——Jade Wong！

竟是Jade？是阿邦的太太？她什麼時候開始寫書的？寫的書出了五版還得了金獎，怎不叫我這一個寫了七年書卻從未得獎的人汗顏？

誰會料到，十年前在出版社當推廣暑期作業暑期工的黃毛丫頭，現在竟成了眼前穿上華麗套裝的最受歡迎暢銷書作家？

滿腹疑團的我，坐在一旁等待領獎後、拍照後、人羣簇擁過後的Jade，如果她還記得我，我一定要好好向她問個究竟、問個詳細。

在得獎者大合照時，Jade 竟看到坐在第三行座位上的我，拍完照後，她拉着阿邦走向我，然後大叫：「怎麼你也來了？」

「她當然會來，你忘了她是出版界的嗎？」阿邦搶白。

「沒見許多年了，你還記得我吧？」我說。

「當然記得你，你是我們的恩人。」Jade認真地。

「恩人？此話怎說？怎敢當！」我受寵若驚。

「是因為你請了我做出版社的暑期工，我才認識到阿邦。明天是我們的結婚十周年了，你怎會不是我們的恩人！」Jade道。

「言重了，要遇上的始終會遇上，就算不是我請了你，你們也會在其他地方相遇的。」我說。

「我們一定要好好敘舊！」Jade 說。

「好的，一定！」我答。

「你喜歡吃什麼儘管告訴我，你來我家，我煮給你吃！快給我你的電話號碼，我們開一個恩人小組，認真約個時間。」Jade 說得誠懇。

「嗯。」我不斷點頭。

* * *

適逢出版社的一本刊物今期以「健康飲食」為主題，負責訪問的我，因利乘便約Jade到他們的家敍舊，順便訪問她。

阿邦到他們屋苑的閘口接我，甫踏進他們的家門，已經嗅到烘蛋糕的香氣。

「知道你喜歡吃甜品、蛋糕，為你烘了榛子亞麻籽蛋糕，趁熱才好吃。」

我呷一口她專誠為我泡的茉莉花茶，邊吃蛋糕邊開始訪問。

問她的，當然是怎樣成為暢銷書作家，怎樣開始寫健康食譜。

「一切源於『我的書房』！」她說。

一切源於「我的書房」？這真是大出我的意料。

2

一切源於「我的書房」。

那時，我和阿邦同屬教科書出版社的一個小部門，部門只有幾個同事。

某天下班，我和部門裏與我感情最好的同事婉明到太子吃晚飯，吃完飯之後，在始創中心附近蹓躂。

在西洋菜街逛完體育用品店，婉明抬頭一看，看到一幢唐樓三樓的落地玻璃上，掛上招租的橫額，還寫着「業主免佣」四字和業主的電話。

婉明忽發奇想說：「我們開一家店吧！」

「開什麼店？」我隨口問。

「我之前賺外快為一家雜誌做了一個書展專輯，認識了一些書籍發行商和作家，我們開一家書店吧！」婉明說。

「開一家書店有那麼容易嗎？」我吃驚。

「聽那些發行商說書店的書都是寄賣形式的，賣了書才付款，賣不了可以退回去。開店的成本該不高吧！」

「開店也許成本不高，如果找到幾個熟悉的作家幫助宣傳，也許能夠吸引讀者，而且，這個地點很近地鐵站，又很旺。」我也給她說動了。

「我有一個叔叔是做木工、裝修的，我找他訂做木書架和裝修，他該可以收很實在的價錢。」婉明信心滿滿的。

「創業不可兒戲，這樣吧！我們先找業主看店問問租金多少再決定吧！」我說。

「那就打鐵趁熱了，不然恐怕大家的熱情會冷卻下來。」婉明眉飛色舞地。

翌日是星期六，我們約了業主看店，店子建築面積七百呎，實用面積約五百呎，租一萬元，是我們負擔得來的租金。

婉明立即找來她的叔叔看店面如何裝修，很快就報了價，都是我們預算之內的。

業主說租金便宜、地點旺，舖子很搶手的，催促我們快點付兩個月按金、一個月上期，不然她會租給別人。

婉明情急了，也囑我快點決定，我總是覺得如此忽促上馬太冒險，便作出了這樣的提議：

「這樣吧！所謂一人計短，二人計長，雖然我們已有二人，但我總覺得有多些人商量會好一些。星期一我們回去上班，就將我們的創業大計告訴部門同事，看看他們有何反應，有沒有人支持、加入，有的話，我們就『去馬』！」

婉明同意了，星期一上班，我倆就不務正業，分頭向不同同事推介我們的創業大計。當然，反應有澆冷水的，有説要考慮考慮的，部門除了我和婉明還有六人，其中，只有阿邦一人反應正面。

「好提議，租金不貴，裝修費也實惠，預我一份好嗎？」他爽快的。

我和婉明大喜過望，當然立即應承。

「可是……我沒錢……也不是完全沒有的……可是……積蓄一定不及你們多……你們是高級編輯、市場部主任嘛！」阿邦囁嚅着。

「那你有多少？」婉明的口吻像追債。

「有……有……」阿邦拿出手提電話，按了幾按，之後說：「兩、三萬。」

婉明和我像被澆了一頭冷水，開一家小書店，怎樣也要二十萬吧！三個人，每人夾七、八萬是免不了的。

我把婉明拉到一旁，跟她耳語。

「難得有人想加入，多一個人出主意，多一個人輪流看店也好呀！本來我們打算每人夾十萬元的，而我們拿出這麼多錢也要找家人幫忙，現在有人入股，就算分擔一點點也好呀！這樣吧，我們佔大份，他佔細份，我倆每人夾八萬，他夾四萬，如何？」

婉明點頭，我們向阿邦作出建議，他也爽快應承，大力拍了一下辦公桌，說：「好，我問阿媽借！」

書店只花了兩個星期裝修，我們訂做了八個綠色的書架和兩張可揭開面層的「豬肉檯」，加上兩張坐得舒服的藤椅和收銀機，便整理完成。

因為不想納空租，我們想儘快開業，向發行商拿書果然不難，因為有點交情，他們也肯給予期數。

因為我們三人都要上班，我找來剛失業的表姐來當店長，書店就這樣開成了。

店名呢？我們三人雖不是書蟲，也算不上愛書人，可是每人都對一兩種類的書十分沉迷。婉明最愛收藏食譜、烹飪書；阿邦最愛旅遊，任何地方的旅遊書都愛看；我最愛搜羅運動、養生的書。由於我們三人自小居住環境狹窄，三個人都希望有一間自己的書房，於是，我提議書店以「我的書房」為名，他倆也同意了。

也許「我的書房」這名字太隨意了，除了頭兩個月生意不錯之外，第三個月生意便淡下來。客人真當了那兒是他們的書房，早午晚時段也有人盤踞在兩張藤椅上，「打書釘」一兩小時，卻一本書也不買。

我們三個股東也把那裏當成自己的書房，每星期日輪班看店讓表姐放假，每人就在書店裏蹲上一天，像蹲在自家的書房一般。

書店初開的半年，我們三人也勤勤力力的挑書、上架，但第一次三個月結數給發行商後，因為賣掉的不多，他們的臉色已有點不好看；第二次三個月結帳時，更是賣的少、退的多，他們已不肯給我們新書。

於是，店裏的新書都積了塵，書頁漸黃，變成了半舊書。看到生意這麼差，我們苦思對策而不果，想不到一個客人的詢問，略為扭轉了局面。

某一天，婉明看店時，一位當營養師的熟客來到，她沒有買書，卻是找我們幫忙。

「我一家人要移民澳洲了，家裏兩個書架的書不知該如何處理。兩個書架都是有關營養學的書，雖然專門一點不是大路書，但正因為是專門的，外面難買到，我向行家宣傳一下，他們會來找的。可否請你們幫幫忙，容許我把書放在這裏寄賣？等到賣了才給我算錢便行，甚至不用給我錢也行！為我解決了這些書的煩惱，我會萬分感謝的。」

婉明沒有立即應承，這晚上找來我和阿邦商量。我們眼見書店的書漸舊，向發行拿書漸形困難，都沉吟起來。

「賣二手書也未嘗不是好點子，說不定可以殺出一條血路。你們想想，不用付錢，賣了才結帳，二手書可賣便宜點，既環保也節儉，客人該會受落的。」阿邦建議。

「對呀！我們索性貼出告示徵求二手書，顧客會把我們的書店當成書房，把書放在店裏，和其他愛書人交流。」婉明說。

「好吧！那麼我的書房就轉型成二手書店吧！」我一錘定音。

轉型為二手書店後，雖然生意沒有很大起色，但卻減輕了我們進貨的壓力。因為有雜誌的報道及顧客互相介紹，書店的人流多了，甚至有不少顧客送書給我們，不求回報。

就這樣，書店反而可以經營下去，書店的書幾乎都全換了血，由流行書籍變成營養師的兩個書架營養書；一個年輕人捐來剛過身的母親的一書架食譜，還有剛和太太離婚的中年人，把前妻的八箱旅遊書都送來了。

3

那年是Jade唸城大的第一年，朋友介紹她到一家教科書出版社當暑期工，負責推廣暑期作業。

工作頗清閒，挑戰性不大，閒時她會和其他同事聊天。午飯時段是聊天的最好時間，出版社下面有工廠大廈的食堂，同事都到那裏吃飯。Jade吃得快，吃完飯回到辦公室上上網，每一回，她都看到同事阿邦和他的媽媽一起吃飯。

阿邦的媽媽在同一棟工廠大廈當保安員，每天也帶飯回來和兒子一起吃。一大張圓桌上有她做的幾樣餸菜，還有湯。每天也是這樣家庭樂，阿邦的媽媽常常取笑他、笑着罵他，阿邦又愛頂幾句嘴，有時氣得媽媽又氣又笑。

Jade看着十分羨慕。她成長於大家庭，父母開餐廳，每天吃飯也是一家人輪流着吃，幾乎沒有同桌吃飯的機會。爸媽都是匆匆扒幾口飯就回去下單、收錢，沒時間聽子女談生活瑣事。因此，每次看到阿邦和媽媽一起吃飯、談笑，她總是十分羨慕。

有一次，她終於鼓起勇氣問邦媽：「你可以多帶一個人的飯菜嗎？我會給回飯錢的，實在不想吃樓下飯堂的碟頭飯了。」

邦媽笑着應承，從此，每天下午他們都是三個人一起吃飯、聊天，同事都笑Jade是邦媽的「新抱仔」。

暑期快要結束了，Jade很害怕要結束這段家庭樂的關係。某天，她特意看準阿邦下班的時間，追上去和他乘同一班巴士。

到了太子，阿邦要下車了，Jade問他：「你不是住在附近的，下車去哪兒？」

「到我開的書店看舖。」阿邦答。

Jade 跟着阿邦去「我的書房」，從此，每次阿邦輪值看舖時，Jade 都在身邊。

其他兩個股東和顧客都常看到這樣的畫面：阿邦和 Jade 緊靠着坐在收銀的櫃檯後面，兩人的身體緊貼得沒有 1cm 縫隙。

常見的是 Jade 拿着竹籤拮了魚蛋給阿邦吃，阿邦又拿竹籤拮起魚蛋給 Jade 吃。

「這一顆多點咖哩汁，你快吃。」Jade 說。

「這一顆魚蛋圓一點，你吃吧！」阿邦說。

對於認為每一顆魚蛋都沒分別，不會分辨哪一顆多些汁、哪一顆圓一點的其他人來說，這一幕十分「眼冤」！

沒多久，Jade就搬進了阿邦的家，正式的和他共享家庭樂了。但好景不常，不久之後邦媽得了癌症，令這．家蒙上了陰霾。

Jade自此埋首於「我的書房」的二手書堆中，每天鑽研那兩書架的營養學書，希望令邦媽得到最好的照顧、吃到對病情最有益處的食物。

邦媽曾短暫好轉，但不久病情又轉壞，阿邦認為要把握機會，讓媽媽過上些好日子。Jade因此又在「我的書房」裏每天看旅遊書，北海道、布吉島、濟州島，多昂貴、多不方便的旅程都會為邦媽細心安排，務求令她最後的歲月過得愜意。

到了邦媽病得不能走動時，Jade埋首於那些烹飪書中，她希望在邦媽還可以吃幾口東西的時間，悉心為她烹調些好吃的東西，讓她的味蕾上留有美好回憶，直達心坎。

就是這樣，「我的書房」裏的那幾書架二手書，在邦媽的最後歲月裏發揮了微妙的作用。

* * *

隨着邦媽的逝世，阿邦和 Jade 對書店的事情有點意興闌珊了，而我和婉明都轉了工，工作十分繁忙，無暇兼顧書店的事務。不久之後，「我的書房」就結業了，「享壽」三年零八個月。

此後，婉明和我與阿邦漸少聯絡。聽説，自從 Jade 常常烹飪美食給邦媽，她愛上了烹飪，吃多了珍饈百味，有點心廣體胖，而阿邦卻怎樣吃也維持竹條身形。

* * *

以上，就是關於Jade「一切緣於我的書房」的憶述，至於她怎樣成為作家，又怎樣成為「面書達人」、「網購商家」呢？那就要回歸到我跟她的正式訪問，當時，我用專業記者身分撰寫Jade於這時期的轉變、發展是這樣的……

4

Jade的家可說是烹飪世家，她的父母經營的是茶餐廳和為船廠工人提供伙食的生意。母親烹飪技術高超，父親在她少年時已教她劏雞，那麼她現在的優秀廚藝都是得自父母真傳？她說：完全不是那回事！

Jade說爸媽忙於營生，根本沒時間教她烹飪，就算在家煮食時，父母只會「霸住」廚房，不讓排行最幼的她進去「搞搞震」。

那麼，她的廚藝又從哪裏來？她答：天分。自小吃盡珍饈百味的她，未吃一味餸菜前，單是用鼻子嗅嗅，就能辨別出那是用了什麼材料、調味料做成的。更厲害的是任何一味餸菜，她只要吃過一次，回家就能煮出有七、八成味道一樣的菜式來。

因為愛煮、愛吃，而且有一個十分欣賞她的廚藝、每次都把她煮的餸菜百分之百吃完的丈夫，廚藝愈來愈好之餘，副作用是愈來愈胖。

她和丈夫從前也很喜歡吃「肥膩嘢」——東坡肉、咕嚕肉、橋底辣蟹、薑葱蟹等等也是他們的至愛，相比於怎樣也吃不胖的竹條身形的丈夫，Jade 卻是一吃就胖那類型，於是，體重漸漸由一百二十、一百三十……進展到高峰期的一百五十多磅。

愛吃、長胖又不愛做運動，Jade 變得體質虛弱、百病叢生，去找醫生看看，一看，不得了，醫生說她只有三十歲的年紀，卻有四、五十歲的體格，把體質弄得如此差，身體會有許多毛病，而且還會增加患癌的機會。

醫生勸她減肥，最少要減二十磅。雖然醫生建議了一些減肥的方法給她，但也比較空泛。為了自己的健康着想，Jade 痛定思痛，開始努力尋求健康之道。

不太熱衷做運動的她，開始努力鑽研健康飲食的書，她拚命搜羅有關烹飪、營養學、保健、養生的書籍，研究出健康餐單，努力烹調出健康而又不失美味的菜餚。

因着烹飪的天分與付出不懈的努力，早午晚的健康飲食加上輕量運動的配合，Jade在短短半年內減去四十磅，成了體態窈窕的減肥達人。

喜歡和別人分享的Jade，將她的健康美味食譜放上面書與人分享，因為照着食譜能輕易烹調出健康美食，更加上看到Jade減肥前後驚人對照的相片，她在很短的時間內吸引到萬多個追隨者，成了面書上的紅人。

隨後，雜誌、報章的訪問紛至沓來，包括《忽然一周》、《飲食男女》、《新假期》等等，三個月後，更有一間出版社邀請她寫作健康食譜出版。

Jade從來沒想到自己會成為作家，她花盡心思去寫，當時還要上班、加班，她利用下班、捱夜的時間去寫，花了五、六個月才把食譜寫成，趕及在書展之前出版。

食譜甫出版就成了暢銷書，在很短的時間內再版，這本《吃得多更瘦更健康》至今印了五版，還在 2016 年得了金閱獎的殊榮。

除了在面書上分享食譜，Jade 也會推介一些健康食物，但追隨者常投訴那些食物很難買到、很快賣完。思前想後，Jade 索性自己做起網購來，健康食物、保健產品、健身小器材、收腰褲等，推出之後反應極佳，經常供不應求，她還要在家附近租一個小貨倉來放貨品。

Jade 對選擇貨源很謹慎，除了外國的朋友幫忙搜羅，她也經常到本港或海外的食品展找供應商。找貨源、拍商品照、聯絡顧客、收貨、寄貨都是自己一手包辦，想不到會殺出一條血路。現在，她放棄了正職，專心經營網購生意，也有不錯的收入。

除了網購，她也成了一些廚具品牌的代言人，常應一些商業機構之邀開班授徒教烹飪。

說到成功之道，Jade 說是：誠實加努力。她幾乎全日二十四小時也會回覆網友的問題。向網友推介健康食物與健康生活之道，最開心的不是賺錢，而是有人相信自己。有讀者跟她的書去吃健康食物，很快就瘦了十多磅；網友跟她的食譜烹飪，從此不再外出用餐，天天自己烹飪與家人分享——這都成了她的滿足感之源。

除了和讀者、網友分享，Jade 更以美味食物和親友分享。記住親友愛吃什麼、對哪些食物有敏感，過時過節送的禮物都是自己親手烘的蛋糕、曲奇——都是美味佳餚。

好吃、健康、十足心意，愛，亦在其中。

5

訪問完畢，Jade端出一碟咖啡口味的曲奇餅，說：「知道你喜歡甜食，這是今天第二道，正經事說完，我們一邊喝茶一邊聊天。」

我也放下了記者的身分，跟他倆侃侃而談。

「輪到我問你了，說說你自己吧！為什麼會由一個教科書編輯，搖身一變，變成飲食記者？」

回憶飄到渺遠的時光，我的答話是：「一切，還是要回到我的書房⋯⋯」

之後，輪到Jade和阿邦聽我的縷述。

展。

* * *

當了五、六年教科書編輯，我實在感到十分厭倦了，於是毅然辭職，尋求更佳發展。

輾轉當過愛情小說出版社的編輯、報章學生版、副刊的編輯，工作也不怎麼順意。其後，在飲食雜誌工作了兩年、站穩了陣腳的婉明向我招手，想我到她工作的飲食雜誌當記者。

對於當從前同事、書店股東兼好朋友的下屬，我有點內心掙扎，加上做飲食記者我是「門外漢」，而且對烹飪沒興趣、只將飲食當作維生必要動作的我，感到當飲食記者的意義，比當教科書、小說、學生版和副刊編輯的意義都要小。暴飲暴食、豪奢花費、排隊一小時等位……這一切有什麼意義呢？

於掙扎要不要接受婉明的一番好意時，在「我的書房」遇到的一位顧客改變了我的看法。

是那位將母親的烹飪書捐來書店的顧客John，他澄清，那些烹飪書不是他母親的，而是他訪問過的一位食家、烹飪界老前輩的。這些烹飪書也不是一般的烹飪書，有許多是珍藏、已有數十年「書齡」的，更有不少是孤本、絕版書。

他們在訪問中認識，之後，前輩待他如子姪，將飲食心得傾囊相授。前輩生前孑然一身沒子女，身後事由他操辦。前輩留下的書，他只有四百呎的家放不下，於是，把書捐到我的書房，期盼遇到惜書、愛書的人。

他每個月總會有兩三天來揭揭這些書，或找些寫稿的資料，或緬懷故人。

談了幾句，知道他是當飲食記者的，於是向他請教寫飲食訪問、飲食專欄的意義。

他很健談，毫無保留地跟我分享他當了十年飲食記者的寶貴經驗。

* * *

John 一直在飲食雜誌《吃得好》工作，未在飲食雜誌工作之前，他是體育記者，當時有運動家身形，腰藏六塊腹肌，但自從做飲食雜誌以來，他一下子肥了二十多磅。工作壓力大，又長胖長肉，有沒有後悔？他說有許多寶貴經驗是自己可以袋落袋的。

這些年以來，《吃得好》每期的〈老店情〉幾乎都是他寫的，他清楚記得 2010 年

10月1日是他寫的最後一期。〈老店情〉是寫香港飲食業老字號的傳統與人情，讀者眾多。有些讀者不用看撰稿人，看了他寫的第一段稿就知道是他寫的；有些讀者讀每一期雜誌認為最好看、最打動自己的，一看撰稿人名字，也必定是他。

寫了那麼久，有那麼多支持者，為何又捨得放下不寫呢？因為John已經晉升到管理層，要訓練新同事接手自己的工作。

然而，當上管理層，多數是和下屬開會、寫稿、指導新同事，坐在辦公室中太久了，他感到和外面的世界彷彿隔了一層，有了距離。看到同事交來的稿，都是他人的第二手資料，不是自己的第一手採訪，總覺得有點不是味兒。從前是自己親身上陣打擂台，現在只是批評別人的稿，不能上前線做自己的工作，漸漸，他對辦公室中的工作有點厭倦，於是，毅然辭職。

John 說：寫飲食稿的人一定要鍾意食、識食，食過的就知道好與不好。他當飲食記者時，雜誌會提供「試食費」，他會先去找目標，然後試食幾次，覺得有採訪價值，便會在編輯會上向上司、同事推薦，大家都同意便開始採訪工作。

他自言當時每年隨《吃得好》出版的《全港星級食肆》，是品評香港好食肆的一本刊物，其製作認真的程度比米芝蓮更甚，單是製作期間付出的試食費，已足夠支付一層樓的首期。

採訪的記者要不停試食，有時一個人去試吃火鍋，叫了滿桌子的食物，夥計也擔心他吃不完，他只好說：「今天心情不好，要暴飲暴食減壓！」

寫一篇好的飲食稿不容易，一篇稿雖然只有六至八頁，但付出的心血一點也不尋常。

找到採訪目標之後，要先去踩線，用眼看、用嘴嚐，還要用心觀察，看清食物、環境與人物的關係，才能寫出一篇融會了人、地、情的好文章。採訪初期，他不會帶攝影師到食肆，只是自己跑幾次去和店主建立關係，在取得對方信任之後，才有把握可以做到好的採訪。

他有無數次被驅趕、被粗口問候的遭遇，令他印象難忘的是訪問一家老字號醬料店。

店主一直拒絕採訪，三年間每幾個月去一次放下名片，希望店主改變主意，但都不奏效。有一次，路過時看到店外放了一個宣傳用的易拉架，從前作風老派的店東是不會用這些宣傳工具的，一定是有了第二代人接手才會有此新氣象，由此有了接受訪問的契機。

訪問「老店情」食肆，就像打開一瓶醇香的舊酒，瓶內會漫出馥郁的酒香。

老店的老價值是忠誠與刻苦，還有家人、兩代人之間的情與義。

他給我們講了老字號九龍城一家豆品店的老故事。採訪完這豆品店之後，他和店主成了好朋友，這是難能可貴的。

這是關於一家人的情義的故事，主角是媽媽和一雙兄妹。若干年前，本來是小販的媽媽為了子女有個立腳點，有了入舖的打算，於是頂了親戚的豆品店來做。

只有媽媽一人當然負擔不了豆品店繁重的工作，於是，其中一個兒子留下來幫手，然而，他是從第一天上班已後悔接手，一直後悔到今時今日的。

這兒子一心往外跑，為了舖子，為了母親，卻要留在沒有空調、每天熱到汗流浹背的店子裏。他每天在店裏工作也是「黑口黑面」的，甚至記者訪問他時，他也是黑着臉說：「阿媽叫我不要出門口，就算門外有一大塊黃金，我也不會走出門外去拾！」

就是一份孝道，多麼不甘心也好，他也會守住店子，守護母親。

女兒是豆品店的門口掌櫃，說話粗聲粗氣，卻最有義氣。

小時候，母親做小販時，每次被差人拉，都是她去認罪、交罰款，因為當時年紀小，法官會輕判她。

長大之後，她嫁了一個賣雞的男人，本來可以離開豆品店照顧家人、打理夫家業務，她也曾想過走，可是，一想到自己走了兄長就要一人硬撐、母親也沒人幫忙，她就走不了，選擇留下。

John 形容這作為女兒、妹妹的女漢子最有同理心，於是她成了一家人的核心、豆品店的擎天之柱。

一家老字號之所以能流傳下去，不只是手藝的傳承，還有犧牲與成全。現今社會裏不少人都只顧自己的利益，不理會別人的死活，然而，老字號中的兩代情，就包含了互相顧念、守護、犧牲自己、成全對方的情義。

John 說：每個人背後都有動人的故事，只在乎有沒有人去發掘；大部分人都是平凡人，所以看到平凡人背後的感人故事情節，都會有共鳴，都會有得着。

他形容飲食只是做幌子，要帶出其中的人情。他相信大部分從事飲食的人都不會是沒良心的，因為食物吃進人家肚子裏，影響他人的健康甚大，不可造次。

他從事飲食雜誌記者之後，從飲食中反思了人與人之間的關係、自己與家人之間的關係，由是獲益良多。寫飲食訪問讓他有許多得着，他說：人生中有許多獎賞是金錢以外的。

*　*　*

那位前輩臨終時叮囑John一定要看她的藏書中編號0017的一本書，前輩過身後他卻忘了這事，把書捐來之後，直到這次跟我談話他才記起來。他根據書店的記錄找到那本書，那竟是一本《聖經》，《聖經》的某一頁貼了一張便利貼，書頁上圈出了這一句：人活着不是單靠食物……

* * *

我的書房雖然結業了，但許多舊顧客仍記得它。書店中的二手書，曾見證了人情與執著、顧念與傳承，至今，這一切仍深深地影響着它的舊老闆，甚至他們的家人、朋友。